著 ヤスダナコ
画 ハム
原作 Waffle
ぷちぱら文庫
元ヤン巨乳ナースの甘エロ看護
ex-yan with bigtits nurse's sweet erotic nursing

時任 綾奈 ときとう あやな
智己の担当ナース。自由かつエッチな振る舞いで智己を翻弄するお姉さん。元ヤンで粗暴かつ強気な面を見せるが、純情で一途であり可愛らしいところもある。
天城 智己 あまぎ ともき
年齢のわりに可愛らしい容姿の学生。物腰は柔らかいが芯の強い正義漢で、学園祭の実行委員になって張り切っていたが、引ったくり犯を追いかけて負傷し入院することに。

天城 珠実 あまぎたまみ
智己の母親。レスキュー隊員の夫を事故で亡くし、以後は女手ひとつで息子を育てている。可愛らしくしっかりとした性格だが、息子を溺愛する過保護な面も。

プロローグ

生温かい吐息が耳に触れる。

身が溶けるような気持ち良さに、思わずビクンと身体が反応してしまった。

「ふふふふっ、すっごい硬いよぉ。智己《ともき》くん」

ほのかに暗い夜の病室。自分たち以外、音を発するものは何もない。

女性の吐息を耳に受けながら、天城《あまぎ》智己は喘ぐような声で言った。

「うく……だ、駄目ですよ、綾奈《あやな》さん。こんな場所で、こんなこと……」

「何が駄目なわけぇ？　自分で一生懸命シコシコしてたクセに」

「で、でも……もし誰かに見られたら――」

露出した男性器に女性の指が絡みついている。男性器は智己のモノで、それを握っているのは、すぐ後ろにいるナース服姿の女性だった。

「へーきへーき。ほかのナースがわざわざこの病室まで来たりしないって。そんなことより、キミのコレって想像してたよりもすっごい立派。可愛い顔してるのに、意外だなぁ」

「そ、想像してたよりって……ううう っ……」

「え？　何か変なこと言った？　もしかして、女の人はエッチぃことなんか考えないなんて思ってた？　もぉ、キミってばホント純情っ。可愛いなぁ」

からかうようにそう言うと、ナース服姿の女性は勃起したペニスを優しく握ったまま、ゆっくりと手を動かすのだった。

（あぁ……何でこんなことに？　まさか今日出会ったばかりの人に、こんなことをしてもらうなんて……）

天城智己は、この病院に入院している患者のひとりだった。

優しい見た目をした少年で、特筆すべき魅力があるというわけではない。

良くいえば優等生、悪くいえば平凡な少年である智己は、女性が行ってくれている手コキの快感に、少しずつ堕ち始めていた。

「本当に、駄目ですよ。綾奈さんは……くッ……ナース、なんですから」

「だから言ってるでしょ、大丈夫だって。それに患者さんのお世話をするのは、ナースの義務であって……あっ。もしかして智己くんってば、恋人でもない相手に、こんなことをされるのは絶対に嫌っていうタイプ？」

「そうじゃ、ないですけど……」

「だったら気にしないで気持ち良くなってよ。ウチのテクで智己くんのコレ……さいっこうに気持ち良くしてあげるからさ」

女性の手がゆっくりと上下に動く。最初は途惑いと困惑しかなかった行為だが、慣れてくることで段々と、期待と興奮のほうが強くなってきた。

(本当にいいのかな？　綾奈さんみたいに綺麗な人に、こんなことしてもらって……それにさっきから、背中に綾奈さんの胸が当たって……駄目だ。我慢しないといけないのに、アソコがどんどん硬くなっていく)

背中越しに手コキを行ってくれている女性の名前は時任《ときとう》綾奈。

智己の担当ナースで、豊満な肉体を持った美女だ。

本業である看護に支障を出さないため、長い髪を後ろでひと纏めにしている。

明るく活発な性格を連想させる顔つきに、好奇心の強そうな瞳。

愛嬌いっぱいで、天真爛漫な雰囲気を放つ綾奈は、動物でたとえると猫のような感じの女性だった。

「どう？　お姉さんのシコシコで、ちゃんと気持ち良くなってる？　ちゃんと言ってくれないと、わからないよ」

「そ、それは……」

返事に困る智己の右腕に、大きくて柔らかなものが当たる。

その正体は綾奈の巨乳で、偶然当たったという感じではない。間違いなく意図的に、綾奈は自らの乳房を智己の右腕へと押しつけていた。

「あれ？　キミの耳、真っ赤になってるよ。クスクス、どうしちゃったのかなぁ？」

智己がそうなった理由を、綾奈は完全に理解しているはずだ。理解しているのに何もわかっていないふりをしながら、綾奈が挑発的に耳元でささやいてくる。

「かわいそうだから、お姉さんがフーフーしてあげるね……フーっ、フーっ、フーっ」

生温かい吐息が耳を襲う。

偶然当たっていたさっきまでとは違う。圧縮された綾奈の吐息は、愛撫と呼んでもいいほどに刺激的なものだった。

「キャハハッ。もぉっ、智己くんってば反応し過ぎ。敏感なんだからぁ」

「そ、そんなの……仕方ないですよ」

こちらが何を言っても、綾奈が気にすることはない。

お気に入りのオモチャで遊ぶ猫のように、愉しげに息を吹きかけながら、休むことなく手コキを続けてくる。

「オチンチン、さっきよりも熱くなってるよ。それに加えて先っぽからは、ヌルヌルしたお汁が出ちゃってるし……たったあれだけのコトでこんなに興奮しちゃうなんて。ふふっ、キミってば本当に可愛いなぁ」

「か、可愛いって言うのはやめてくださいッ」

「もぉっ、褒めてるんだから怒らないでよ」

「そんなこと言われても……褒められてる気がしないですよ」

完全にペースを掴んだことで、綾奈の調子も上がってきたのだろう。

ペニスを握る手の力が、徐々に強くなっていく。

「そう？　だったらこのガチガチチンポ、もっと気持ち良くしてあげるから……機嫌直してよね、智己くんっ」

強くペニスを握り締めながら、綾奈が素早く手を動かし始める。

これまでよりもはるかに強烈な快感が下半身を駆け抜けていく。

強過ぎる快感に身体が跳ねる。反射的に逃げようとする智己だったが、後ろから身体を覆い被せてくる綾奈が、それを許してくれなかった。

「どーお？　気持ちいい？　気持ちいいよねぇ？」

「うっ……うわッ、うわぁぁぁぁぁ」

「ヌルヌルがどんどん溢れてきてるし……キミのオチンチンってば、本当に敏感だね」

反論したくても、言葉を発することができない。

全身で感じている快感を、音として口から垂れ流すだけだった。

「うぁッ、んあぁッ……はッ、くッ、うぅぅ……」

「やだぁ、女の子みたいに可愛い声出しちゃって……ふふっ、そんなに感じてんのぉ？」

指摘されたことで急激に恥ずかしくなり、大急ぎで口を閉じる。だからといって、この状況が変化するわけではない。

　むしろそんな智己に興奮したかのように、綾奈の声がさらに甘くなった。

「我慢しなくてもいいのに……もっといまみたいな声、聞かせてよ」

　吐息と手コキの同時攻撃。

　智己は唇を噛みしめ、必死になって声を出すことを我慢した。

「くすっ……でもいっか。鼻息荒くしてるキミも可愛いしね」

　智己の我慢を嘲笑《あざわら》うように、綾奈が手コキを続けてくる。

「あれ？　オチンチンから、ニチャニチャっていうやらしい音が出てるよ。キミみたいな子がこんなエッチなモノをパンツのなかに隠してたなんて……驚きだなぁ」

「そ、それはッ……綾奈さんがそういうことを、するから……ハァ、ハァ……」

「えぇ？　ウチのせいにすんの？」

「どう見たって綾奈さんのせいじゃないですかッ」

「何言ってんの？　オナってたのはキミのほうじゃん。ウチが病室に入る前から、大きくなったオチンチンをシコシコしてたくせして……人のせいにしたら駄目じゃない」

「うぅ……」

　それを言われたら何も言えない。

　綾奈が言ったとおり、智己は夜の病室でひとり、オナニーに励んでいた。

そこを、担当ナースである綾奈に偶然目撃されてしまったことで、こういうことになってしまったのだった。

「にしても、意識が戻ったその日の夜にオナニーしちゃうなんて……可愛い顔して、キミって案外ムッツリなんだねぇ」

意地悪くささやきながら、綾奈が手コキを続ける。

ここまできた以上、中途半端にやめるつもりはないようだ。

大きな胸ごと身体を押しつけながら、ねっとりとした声で綾奈が耳を刺激してくる。

「ねえ……キミってば、週に何日くらいオナニーしてるの？　お姉さんに教えて。やっぱキミくらいの歳だと、毎日しちゃってたりするのかなぁ？」

「ううう っ……いっ、言えないですよッ。そんなこと……」

「そんなこと言わないで教えてよ。ウチ、めっちゃ興味あるんだよねぇ。教えてくれたら、そうだなぁ……チューしてあげてもいいんだけど」

「えっ？」

自分でも嫌になるくらい、露骨に反応してしまった。

もちろんそんな隙を、綾奈が見逃すわけがない。

「あっ、凄い……オチンチンがヒクヒクしてる。クスクス……そんなにウチとキスしたいの？　ふふっ、オチンチンは立派な大人なのに、キスに憧れてるんだぁ」

「そ、それは、そのッ……うぅ……」

何も言い返すことができない。

いまの自分は綾奈のオモチャであるということを、強烈に痛感するだけだった。

「もしかして、キミってまだキスとかしたことないの？」

「は、はい……したこと、ありません」

「ふーん……それじゃ、本当のチューはまだお預けにしといたほうがいいかな」

綾奈の吐息が耳に当たる。今回の吐息は、狙って吹きかけているという感じではない。

「お口にキスなんてしたら、その瞬間にドピュッてしちゃいそうだし……ふふっ。だから最初は、こっちにしてあげる」

綾奈の口が耳に近づいてくる。

肌に触れる吐息を熱いと思った次の瞬間、智己の耳は、プニプニとした柔らかなものに襲われた。

「え？　え？　え？」

唇だけを使い、綾奈が優しく耳を噛んできた。

現状を理解すると同時に、極上の快感によって智己の全身が小さく震えた。

「ふぅ、ふぅ、ふぅ……んんッ……チュッ」

「ひぁぁッ……」

身体が勝手に反応し、口から女の子のような声が飛び出していく。

反射的に、誤魔化さなければと思う智己だったが、もう遅かった。

「やんッ。耳にキスされただけなのに……そんな声出してどうしたの？」

気を良くしたような声を出しながら、綾奈が唇を動かす。

最初は、想像したとおりの感触が耳に伝わってくるだけだった。しかしそれがあるタイミングで、智己の予想を超えて劇的に変化する。

「ふわぁぁぁぁぁぁ……」

耳を中心に、甘い毒が全身に染み渡っていくような感覚。

耳たぶの内側を、柔らかくてヌメヌメとした何かが這い回っている。

それが綾奈の舌だということはすぐにわかった。

そしてそれに気づいたことで、現在受けている行為のいやらしさを再認識してしまった。

「レルル、レロッ、チュッ……レロロロッ。チュウゥゥゥゥ…………ふぅ、ふぅ、ふぅ」

「ちょ、綾奈さんッ……ひゃうぅぅッ」

「ふふふっ、さっきから何大騒ぎしちゃってんの？　オチンチン擦りながら、耳にディープキスしてあげてるだけじゃん」

「い、いや、ディープキスって……」

「耳のなか舐められるのって、感じちゃうっしょ？　だからぁ……もっとしてあげるね」

耳たぶや表面だけではなく、耳のなかにまで綾奈の舌が伸びてくる。

場所が場所なので、耳を舐める音がダイレクトに聞こえてくる。粘膜と肌が触れ合う、ねっとりとした淫音。聞いていると、痛みを覚えるレベルでペニスが硬くなった。

「んふ、はふぅぅぅ……どう？　気持ち良かった？」

「は、はい……ハァ、ハァ、ハァ」

「ふふっ。それじゃあ最初の質問に戻るけど、キミは週に何日くらいオナニーしてるのかな？　先にキスしてあげたんだから教えてよ？　ねぇ……チュッ、チュッ、チュッ」

濡れた唇を近づけ、綾奈が耳への攻撃を再開する。

もはや抵抗する術《すべ》などない。

綾奈が満足するまで、智己の身体はオモチャにされるだけであった。

(本当にいいのかな？　今日出会ったばかりのナースさんと……こんなことして……)

頭ではそう思っていた。しかし身体と心が、どうしようもないくらい強烈に、その人のことを求めていた。

「ねえ、教えてよ……と・も・き・くん」

それくらいそのナース——時任綾奈は、綺麗で魅力的だった。

第一章 担当ナースはエッチで巨乳なお姉さん

目が覚めると、白い天井と白い壁が目に入ってきた。

どこかで見たことがあるような気がするが、記憶を探ってみたところで、それらしいものが見つかることはない。

（あれ？　ここは……）

見慣れない光景を不審に思いながら、起き上がろうと身体を起こす。

するとなぜか、身体の節々が激しい痛みに襲われた。

「智ちゃんッ」

名前を呼ばれたと思い、反射的に振り向く。

「あ……えっと、母さん……？」

「そうよ、お母さんよッ」

疑問と途惑いが解消されるよりも先に、圧倒的なボリュームを持つ柔らかな何かが、智己の視界を完全に塞ぐ。

それがその人の胸だということはすぐにわかった。

目が覚めた早々、智己は母と呼んだ人物に、力いっぱい抱き締められたのだ。

「大丈夫よね？　ちゃんとわかるわよね？　記憶喪失とかになってないわよねッ？　もしも智ちゃんが、母さんのこと忘れてたりしたら……ううっ、うぅぅぅ」

「うぐぐぐぐ……く、苦しい……」

「えっ？　何？　どこか苦しいの？　まさか智ちゃん、頭を強く打って……ああ、どうしよう。早くお医者様を呼ばないと」

「い、いや、そうじゃなくて……これだと息ができないからッ」

「あら？　ごめんなさい」

女性の胸から解放されたことで、何とか自由に呼吸ができるようになった。

呼吸を整え、あらためて目の前の女性を確認する。

肩に触れる程度の、ふんわりとしたショートヘアー。

温和で優しそうな雰囲気に、母性を感じさせる大人っぽさ。

思春期の少年には刺激的な、大きな胸。

母の優しさと女の魅力が同居している、この女性の名前は天城《あまぎ》珠実《たまみ》。

智己の母親で、過剰ともいえるほどに、智己を溺愛している女性であった。

「それで、大丈夫なの？　智ちゃん。どこか、痛いところとかない？」

「痛いところって言われても……そういえば、身体の節々が……えぇぇッ？」

最も強く痛む場所に目をやる。

そこは右脚で、すねのあたりが真っ白な物によってガチガチに固定されていた。

「え、えっと……これ、ギプスってやつ？　僕、もしかして骨折したの？」

「ええ、そうよ。右脚の骨が折れて、頭を強く打って……智ちゃんは病院に入院したの。かわいそうな智ちゃん。事故のせいで……何も憶えてないのね」

「何も憶えてないって……僕、事故にあったことなんて……」

意識したことで、そのときの記憶が鮮明に甦ってきた。


それは学園からの帰り道で起こった出来事だった。

間近に迫った文化祭。

智己のクラスは演劇をすることになり、そのまとめ役として、智己は実行委員に選出された。自分の力量で大丈夫なのだろうかという不安はある。だが、自分の意志で実行委員を引き受けた以上、泣き言などは言っていられない。

みんなの期待に応え、思い出に残る文化祭にするために――。

今後のことを考え、普段以上に気合を入れて、智己は帰り道を歩いていた。

いまになって思うと、そういった高揚感があったせいだろう。

「キャーッッ。引ったくりッ」

という女性の悲鳴を聞いた瞬間、気がつけば身体が勝手に動いていた。

悲鳴を上げる女性の様子から、大切な物を盗まれたということはすぐにわかった。

そんな女性を前に、何もしないなんてことはありえない。

自身の正義に従い、バイクに乗ったまま女性のカバンを引ったくり、そのまま逃げようとする犯人を、何の計画もなく我が身ひとつで追いかける。

バイクが発進する前だったので、追いつくこと自体は簡単だった。しかし、何の計画もないため、そのあとが良くなかった。

バッグの持ち手を掴み、力いっぱい引っ張るがビクともしない。それどころか、犯人の力とバイクの加速により、逆にこちらの身体が浮き上がってしまう。

衝撃。激痛。異音。混濁する意識。

引ったくり犯に引きずられ、地面に倒れ込んだところまでは覚えている。しかしその先については、どう頑張っても思い出すことができない。

襲いかかってくる強烈な眠気に屈し、そのまま静かに、智己は両目を閉じたのだった。

「そっか……そういえば思い出した。僕は引ったくり犯を捕まえようとしたんだけど、返り討ちにあってそのまま………いててッ」

全身に点在する痛みは、そのときのものだろう。

そのなかでも特に酷いのがギプスをしている右脚で、ほんのちょっと動いただけなのに、強烈な激痛が全身を駆け巡っていく。

いまの自分は重傷者なんだということを、嫌でも実感する痛みだった。

「駄目よ、智ちゃん。いまの智ちゃんは怪我人なんだから、安静にしてなさい」

「うん。それはわかってるんだけど……」

「智ちゃんが捕まえようとした犯人だったら、あのあとすぐに捕まったから心配しなくてもいいわ。盗まれた物も、無事に持ち主のもとに戻ったそうよ。だけど智ちゃん……悪い人を捕まえようとする気持ちはわかるけど、あんまり危ないことはしないで。母さんは、智ちゃんが無事に家に帰ってくることをいつも願っているの。そのことを、忘れないでね」

母親である珠実が、深刻な顔でそう言ってくる。

「大袈裟だよ」と言いかけた智己だったが、ギリギリのところで口をつぐんだ。

智己の父親は、レスキュー隊に所属する消防隊員だった。

幾度となく危険な場所に飛び込んでいっては、そのたびにたくさんの人の命を救った。

しかし七年前のある日――父親はあっけなく命を落とした。

自分よりも見ず知らずの他人の命を優先した。それは間違いなく立派なことで、智己はそんな父親を、心の底から誇りに思っている。

だが、あのときの抜け殻のようになった母親のことを思うと――自分のしたことを軽口で誤魔化すことはできなかった。

「うん、わかった。これからは気をつけるよ」

悲しませてはいけない人がいる。

正しいことを行ったからといって、幸福な結末にたどり着くとは限らない。

軽はずみな行動だったことを素直に詫びると、珠実は感極まったような顔で、再び智己の顔を力いっぱい抱き締めてきた。

「ええ、約束よ智ちゃん。もしも智ちゃんに何かあったら……母さんは……」

「それはわかってるけど……母さんッ、ちょっとッ」

「うん？　どうしたの智ちゃん？　顔が少し赤いけど……もしかして、骨折のせいで熱が出てきたんじゃ……」

「そうじゃないよ。母さんが力いっぱい抱き締めるから……その、恥ずかしくて……」

「ふふ。もうっ、智ちゃんったら、恥ずかしがることなんてないじゃない。母親が息子をぎゅーってするのは、当たり前のことでしょ？」

「そ、そうかな……」

「そうよ。うふふっ。そうとなれば…………」

「うわっ。母さん苦しいって……むぐぐッッ」

顔面いっぱいに、柔らかな乳房の感触が拡がっていく。

母親である珠実の気が済むまで、智己は気持ち良さと息苦しさの狭間で、もがき続けるのであった。

やがて、満足した様子で珠実が身体を離す。

「ところで智ちゃん、お腹空いてるでしょう？　売店で何か買ってきてあげるわね」

そう言って立ち上がる珠実だったが、不意にその足がよろける。

「母さんッ？」

「あ……えへへ、ごめんなさい。締め切りが近いから、疲れが溜まってたみたいね。でも平気よ。母さんまだまだ若いんだから。智ちゃんは何の心配もしないで」

「そんなこと言われても……」

珠実の顔には、はっきりと疲れの色が浮かんでいる。

きっと、智己が事故にあってから目を覚ますまで、ほとんど休むことなく、そばにいてくれたのだろう。

「母さんにはライターの仕事もあるでしょ？　昨日だって、もうすぐ締切だって言って騒いでたじゃない？」

珠実の仕事はフリーのライターだ。

雑誌やネット、媒体を選ぶことなく様々な記事を書いている。

「智ちゃんの怪我に比べたら……締切なんてどうだっていいわよ」

「良くないよ。母さんがちゃんと仕事してくれないと、入院費だって払えないでしょ？　だからさ、もう家に帰って、ちゃんとゆっくり休んで仕事をしてよ。僕だったら本当にもう大丈夫だからさ」

母親を安心させたい。その一心で言った言葉だった。

「智ちゃん……うぅぅぅぅ。しっかりした子に育ってくれて……母さん本当に嬉しいわ。嬉し過ぎて、何だか涙が……うぅぅぅぅぅ」

言われた珠実は、涙腺が崩壊したような顔をしていた。

安心させたくて言った言葉だが、どうやら効果があり過ぎたようだ。

「わかったわ。智ちゃんがそう言うのであれば、母さん、いったん家に帰るわね」

「うん、無理しないでよ。母さんまで倒れちゃったら、シャレにならないからさ」

「智ちゃん……うぅぅ、優しい子に育ってくれて……母さん本当に嬉しいわ」

「それはもうわかったから………あっ、そういえば母さん。僕の怪我ってどれくらいで治るの？　お医者さんから、何か聞いてない？」

「それだったら、ちゃんと聞いてるわよ。ええっと……確か、最低でも二週間くらいって言ってたかしら」

「え？　二週間……」

「そういうことだから、智ちゃん。絶対に無理とかしちゃ駄目よ……ふわぁぁぁぁぁぁ」

智己の無事と成長を確認したことで、緊張の糸が切れたのだろう。

心底から子供を心配する母親から、疲れ切ったひとりの女性へと変わった珠実は、大きくあくびをしながら病室を出ていくのだった。

ひとり病室に残された智己。

頭のなかは、文化祭のことでいっぱいだった。

「ちょっと待ってよ、文化祭は半月後なんだ。怪我が治るまで二週間ってことは……冗談じゃないッ。それじゃあ、準備に参加できないじゃないかッ」

現実を知って焦る智己だったが、いまの状態ではどうすることもできない。

ギプスに保護された右脚を、恨めしそうに見つめるだけだった。

◇◇◇

「率直に言って――二週間以内に治るということはないね」

珠実が帰ってから数時間後。

経過観察のために、医師と数人のナースが智己の病室を訪れていた。

文化祭の実行委員になった。みんなが期待してくれていて、みんなのためにも、期待に応えて最高の文化祭をつくりあげたいと思っている。

こんなところで無駄な時間を過ごすわけにはいかない。

一刻も早く退院し、学園祭の準備に戻りたい。

そう思った智己はやってきた医師に対し、「一日も早く退院したい」という希望を素直にぶつけた。

その結果返ってきたのは——事実を端的に告げる冷たい言葉であった。

どう頑張ったところで、二週間で骨折が治ることはない。

文化祭当日は病室で過ごすことになる。

それが、担当医師の返事であった。

「あ、あのぅ……無理なお願いだってことはわかってるんですけど、それでも何とかなりませんか？　実は僕、半月後に大切な予定があって……」

「半月後ねぇ……ギリギリ間に合うかどうかっていうところだね。もちろん、ギプスはそのままで、松葉杖をついた状態っていうことになるけど」

「そ、それじゃ駄目なんです。だから………」

文句を言ったところで、現状が変わるわけではない。

それがわかっていても、未練がましく食い下がってしまう智己だったが、横から飛んできた言葉によって、綺麗に気持ちを断ち切られてしまった。

「天城さん」

鞭のように鋭く名前を呼んだのは、「ナース長／黒崎志鶴《くろさきしづる》」という名札をつけた、ひとりのナースだった。

清潔感のある黒髪に、堅物な性格を連想させる眼鏡。視線は鋭く、口元を緩めて愛想を振りまくということはない。

純白のナース服に包まれた胸はとても大きく、気を抜くと見惚れてしまいそうになる。

口元のほくろが印象的な大人の女性。

黒崎志鶴が、医師に代わって智己に向かって言った。

「いいですか？　天城さん。一度しか言うつもりはないので、ちゃんと聞いてください。入院期間というものは、患者の状態を見て病院が決めるものです。ですから個人の事情や素人の判断で変更はできません。わかりましたか？」

迷いのない口調で強く言い切り、志鶴が威圧的な視線で見つめてくる。

「反論するな。黙って従え」という視線が身に刺さる。それに加え、志鶴が口にしたセリフが正論中の正論であったため、智己としては、もはや沈黙するしかなかった。

「ナース長、そんなに厳しいこと言わなくても……」

そこに、志鶴とはべつのナースが口を挟んできた。

志鶴と比べると、軽い感じがするギャルっぽい見た目の女性。

大きな瞳は好奇心が強そうで、純粋な子供のような印象を受ける。

その一方でスタイルのほうは完全に成熟しており、特に胸などは、一度見たら目が離せなくなるほどに、大きくて魅力的な形をしていた。

「大きな怪我をして精神的にも落ち込んでるときなんですから、もう少し希望が持てるような言い方をしてもいいんじゃないですか？」

ナースという立場にありながら、臆することなくナース長である志鶴に対して自分の意見を口にする。活発な見た目から連想されるとおり、積極的な性格をしているようだ。

真正面から部下に意見された志鶴だったが、特に動揺する様子はない。

邪魔なものを払い落とすような冷たさで、志鶴が淡々と言い返す。

「曖昧な態度で希望を持たせるほうが問題でしょう？　あなたは担当ナースのひとりなんだから、そういうことには気をつけてもらわないと。そうですよね？　先生」

「ん？　まあ、そういうことだから。天城さん、入院期間は二週間以上だと思っててね」

正論を口にした志鶴に続き、駄目押しとして担当医が現実を突きつけてくる。

上司に立ち向かい、智己の味方をしてくれようとしたナースは、「うぐぐ、むむ」と悔しそうにうなるだけで、それ以上何かを言うということはない。

どうやら彼女は、理論よりも感情で行動するタイプのようだ。

「それじゃあ、次の患者さんのところにいくから。あとのことは任せたよ」

付き添いのナースを従え、智己の担当医が病室を出ていく。

残ったのは静寂と、智己のために上司に意見した、ひとりのナースだけだった。

（この人が、僕の担当なのかな……あれ？　そういえばこの人の声、どこかで聞いたような気がするんだけど……知り合いだったかな？）

残った女性の名札を確認する。書かれていた名前は「時任綾奈」。

智己の記憶が確かならば、間違いなく初めて目にする名前だった。

「ハァ……やれやれ、ナース長は相変わらずだな。まいっか。それじゃあまずは、頭の包帯を取り替えますねぇ」

上司に言い負かされたあとだが、綾奈が落ち込むことはなく、あっさりとした態度で通常の看護業務へと戻る。

何かあってもすぐに立ち上がって前を向く。

綾奈が見せた態度に、智己は好感を抱いた。

「あっ、はい。よろしくお願いします」

仕事をしやすくするため、包帯を巻いた頭を綾奈へと差し出す。

その姿を見た綾奈は、ピュアな子供を見たときのように、クスクスと小さく笑った。

「よろしくお願いしますだって。キミ、カタいなぁ」

昔からの知り合いのような態度で、綾奈が気軽に話しかけてくる。

（僕がカタいというよりも、この人がフレンドリー過ぎるだけのような……）

智己でなくてもそう思ってしまうくらい、綾奈の態度は気さくで友好的だった。

その後、慣れた様子で綾奈が頭の包帯を換えてくれる。

傷口を刺激することなく、智己を気遣いながらテキパキと包帯を換えていく。その動きに安心感を覚える一方で、「あること」が気になり、智己は全身を緊張させていた。

(う、うわ……おっきい……)

頭の包帯を換えるという作業の都合上、どうしても顔が、綾奈の胸へと近づいてしまう。動くたびに弾む豊満な胸。無視しようとしたところで、無視できるものではない。

(って、何考えてるんだ、僕は……だいたいそういうのは、母さんで慣れてるだろッ)

女性の胸であることに変わりはない。しかしあちらは母で、こちらは出会ったばかりの魅力的な女性だ。

(だけど、母さんで慣れてるといっても、この人は母さんじゃない。赤の他人の胸となると、どうしても意識しちゃって……って、だから意識するなってッ。失礼じゃないかッ)

邪念と煩悩に翻弄されながら、綾奈の作業が終わるのを黙って待つ。

「はーい、終わったよ」

軽い態度で、綾奈が終了を告げてくる。終始緊張していた智己は、その言葉にホッとする反面、どことなく物足りなさを感じていた。

「あっ、どうもありがとうございます」

「はははっ、いちいちお礼なんていいって。こっちは仕事なんだからさぁ。それよりも、さっきは目が覚めた早々に叱られて、大変だったねぇ。あのナース長、誰にでもあんな感じなんだ。だからあんま気にしないでね」

「は、はい……」

「あれ？　キミ、どうしたの？　何か顔が赤いよ？　さっき検温したときは平熱だったのに……もしかして、怪我のせいで熱が出てきたんじゃ……」

智己の前髪をかき上げ、綾奈が自分のおでこを、智己のおでこへと押しつけてくる。

「うーん。何だかちょっと身体全体が熱いような……これはもう少し安静にしてないと、駄目みたいだね」

「熱が上がった原因はあなたです」とは言えないまま、人知れずドキドキし続けるウブな智己であった。

◇◇◇

「……何もしないまま、夜になっちゃったな。ハァ……本当はこんな所で、ボーッとしてる場合じゃないのに――」

真夜中の病室でひとり、智己は焦燥感に襲われていた。

目を瞑《つぶ》ると文化祭のことが頭に浮かんでくる。

智己のクラスが文化祭で演劇を発表するのは、いまからちょうど半月後だ。

本番に向けた練習はもちろんとして、配役の決定、脚本の準備、大道具の手配など、実行委員である智己を中心に、クラス一丸となって様々なことを行わないといけない。

今日から本番まで、一日たりとも休む暇はない。

そんな状況なのに——自分は怪我でのんきに入院生活を送っている。

人並み以上に責任感が強くて真面目な智己だからこそ、焦りと罪悪感は相当なもので、このままでは怪我ではなくプレッシャーが原因で、精神的に参ってしまいそうだった。

「だからといって、焦ったところで怪我が治るってわけじゃないし……」

精神的に追い詰められてくると、人間はどうしても癒しを求めてしまう。

焦りが先走る智己の頭に浮かんだのは、昼間出会ったナース、時任綾奈の姿だった。

少しぶっきらぼうだけど優しい言葉。

鼻孔をくすぐった、かすかに汗の匂いの混じったシャンプーの香り。

すぐそばで感じた綾奈の温もり。

瞳と脳裏に焼きついた、大きくて形の良い乳房。

想像するだけで、身体全体が不思議な熱を帯びていった。

「うわぁッ。僕は何を考えてるんだよッ」

気づけば股間が、性的興奮によって大きく膨らんでいた。

性の対象として、綾奈を意識してしまったことに罪悪感を抱くが、湧き上がる欲望を抑えることができない。

このままだと今後、様々な場面で綾奈をそういう目で見てしまう。

仕事とはいえ、善意を持って自分のことを看護してくれている人を、性的対象として見るのは嫌だ。

（そんな目で見るなんて、あの人に……綾奈さんに失礼だよな。だったら、身勝手な解決法かもしれないけど、ひとりで処理したほうが……）

勝手な理屈だという自覚はある。だが、これ以上の選択肢がないのだから仕方がない。

智己は静かにズボンを下ろし、大きくなったモノを取り出した。

猛り狂うというほどではないが、すでに肉棒は充分なほどの大きさになっている。

ゆっくりと手を伸ばし、性的欲求の塊に触れる。ゾクッとした快感が背中を奔《はし》る。

これを本気で扱《しご》いたら、いったいどれくらい気持ちいいのだろう？

ほんの少しだけ不安だったが、胸を灼《や》く興奮に比べたら些細なものだった。

「ハァ、ハァ、ハァ、ハァ………」

始めてしまえば、あとは坂道を転がり落ちるようなものだった。

丁寧でゆっくりとした手の動きが、徐々に乱雑で速いものへと変わっていく。

自分でやっていることなのに、制御することができない。

もっと気持ち良くなりたい、もっと深くこの感覚を堪能したい。

快楽の虜になった智己は、無我夢中で自分のペニスを扱き続けた。

「うく……は、早く終わらせないと」

夢中で快楽を貪る智己だったが、ここが病室だという冷静さだけは残っていた。

自室以外の場所でこんなことをしている。焦りと罪悪感を覚える一方で、非日常的な状況が快感を増幅する。

「ふぅ、ふぅ、ふぅ……うぅッ……あ、綾奈さん……」

自分でも驚くほど鮮明に、綾奈の姿が頭に浮かんでくる。

胸の大きさ、鼻を刺激する匂い、偶然触れた肌の感触……もはや綾奈にまつわるすべてのものが、性的欲求の対象であった。

「ううっ……綾奈さん……綾奈さんッ……」

綾奈という極上のオカズを頭に思い浮かべながら、休むことなく手を動かし続ける。

できる限り早く、できる限り気持ち良く。

その瞬間を迎えるときまで、智己は無心で肉棒を扱き続けるつもりだった。

しかしそのとき――。

「はぁ～い、何かな？　智己くん」

場違いなほど軽い調子で、その人がやってきた。

「えッ？　えッ？　えッ？　うわぁぁぁぁぁぁッッ」

明るくて天真爛漫な雰囲気。大きな胸と、それを包むピンク色のナース服。

やってきたのは、智己がオナニーのオカズにしていた、綾奈本人であった。

「えッ………ど、どうしてここに………って、いたたたた」

青少年のオナニーをバッチリと目撃した綾奈だが、これといって動揺するような素振《そぶ》りを見せることはない。

智己のオナニーを、ペットのオシッコくらいにしか思ってないような気軽さで、笑顔交じりで質問に答えてくる。

「ふっふっふ。ウチは智己くんの担当ナースだからね。夜とはいえ、何かあるかもと思って様子を見に来るのは、当然のことでしょ……それより駄目だよ。そうやって急に身体を動かしたら。いくらギプスしてるからって、脚にいきなり負担がかかったら痛むに決まってるじゃない」

「そ、それはわかってますけど……」

どんな顔をしたらいいのかわからない。

恥ずかしがるのが正解なんだろうが、いまの綾奈を見ていると、下手にそれを意識してはいけないような気持ちになってくる。

もしかしたら、綾奈はそれに気づいてないのかもしれない。

そんな希望を抱く智己だったが、さすがにそこまで甘くはなかった。

「そ・れ・に・し・て・もぉ、キミがそういう子だったなんてねぇ……可愛い顔してても男の子なんだね。むふふふふっ」

からかうように笑いながら、綾奈が視線を使ってある場所を指し示す。

綾奈の視線が示す場所。

そこはこんなときでも硬さを失わない、智己の股間であった。

「あわわわわ……こ、これは違うんですッ。見ないでください」

大急ぎでズボンを上げようとする智己だったが、綾奈に腕を掴まれ、動きが止まる。

「な、何を――」

「あー、駄目駄目っ、智己くん。ストレス物質を発散しないと、傷の治りが遅くなるんだから。そういうのを溜めたままにしてるのは、身体に良くないよ。それに……まだ終わってなかったでしょ？」

「えッ？　でも、だからって……」

微笑む綾奈の顔は、絶好のオモチャを見つけた猫のようだった。

「うふふふっ……中途ハンパで放置されて、何だか苦しそう」

腕を掴んでいた手を離し、細い指を拡げ、綾奈の手がある場所へと向かう。

（え？　そっちは……えぇッ？　まさか、まさか、まさか………）

「それじゃあ、担当ナースとしてキミのストレス発散を手伝ってあげるね、智己くん」

ギンギンに硬くなった智己の肉棒を優しく掴むと、そのまま甘い吐息をこぼしながら智己の後ろへとまわり、ゆっくりと手コキを始める綾奈であった。

それは、思考能力が消えてなくなるほどの気持ち良さだった。

「ねえ、教えてよ……と・も・き・くん」

唾液を含んだ舌で智己の耳を舐めながら、綾奈がそんなことを言ってくる。

肉棒を握る綾奈の手が気持ち良過ぎて、数秒前のことすら曖昧な記憶になってしまう。

それでも、モヤモヤとした頭で直前のやり取りを思い出す。

『週に何回オナニーをしているのか？』

思い出すと同時に、その答えを口にしていた。

「え、え、ええっと、その……だ、だいたい毎日です……うううぅぅぅ……」

考えながら口を動かしたことで、自然と頭が冷静さを取り戻していく。

そうなると、刺すような恥ずかしさが身体を襲ってきた。

「えぇ～、そうなのぉ？　やっぱキミってムッツリじゃーん」

好奇心を満たすことよりも、辱めることが目的だったのだろう。

恥ずかしがる智己に対し、綾奈は望みが叶った子供のように満足げだった。

「クスっ……エッチな智己くんは、一日に一回はヌかないと気が済まないわけなんだぁ。それとも、一回くらいじゃ収まんないのかなぁ？」

シコシコと智己の肉棒を擦り続けながら、甘ったるい声で綾奈がささやき続ける。

「キミみたいなムッツリくんだったら……毎日欠かさず三回くらいはしてるのかなぁ？　むふふふふっ」

「そ、そんなッ、毎日三回もするなんて……」

慌てて反論するが効果はない。

それどころから、いいように弄ぶための餌を与えてしまっただけだった。

「あれぇ？　毎日じゃないってことは……たまにだけど、一日で三回シコッちゃう日があるっていうことだぁ。もぉ〜っ、何それぇ？　そんなのお猿さんじゃんっ。可愛い顔して、本当にエッチなんだね。智己くんは」

「うっ、うぅぅぅ……」

興奮ではない。純粋に恥ずかしくて、全身が熱くなっていく。

穴があったら入りたいと思う智己だったが、そういった後ろ向きな感情はすぐに消えてなくなってしまった。

「うわぁッ。あぁぁぁぁぁ……」

からかったお詫びと言わんばかりに、綾奈の手コキが激しくなっていく。

可愛くて優しくて胸が大きなお姉さんが、自分のペニスをシコシコと擦っている。

現実を理解すればするほどに、智己の思考は快楽の沼へと堕ちていくのだった。

「ふふ……智己くんってば、気持ち良さそう………あっ。そういえば智己くん、ひとりでしてるとき『綾奈さん』って言ってたけど……もしかしてウチのことを考えながら、オナニーしてたのかなぁ？」

いまさら隠すことはできない。それに隠したところで、すぐにバレるのがオチだろう。

「そ、そうです……綾奈さんのこと、考えてました」

「ふふふっ……今日初めて会ったナースをズリネタにオナニーするなんて、キミってば悪い子だなぁ。そんなこと言われたら、ウチまで変な気分になっちゃうんだけど……」

「ご、ごめんなさい」

「あ、ヤダ、マジで謝んないでよ。べつに嫌ってわけじゃないんだから」

「えっ？」

「変な気分っていっても、いい意味で変な気分だからさ。だからそんな、いまにも泣き出しそうな顔しないでよ」

「べ、べつに泣いてなんか……」

「ふふっ。そっかぁ。だったらごめん。お詫びとしてもう少しだけサービスしてあげるから……機嫌、直してよね」

意味深なことを言ったかと思うと、吐息が届くほどに密着していた綾奈の身体が、何の予告もなく唐突に離れていった。

一瞬、これで終わりなのかという考えが頭を過《よ》ぎったが、そうではなかった。

背中越しに、綾奈がモゾモゾと動いているのがわかる。

気になって振り向いた瞬間、驚きで心臓が止まりそうになった。

「あッ、綾奈さんッ」

「ジャジャーンッ。どう？　ウチのオッパイ。張りがあって、結構綺麗っしょ？」

綾奈はナース服の前を大胆に開き、白くて大きな胸を晒していた。

下着越しではあるが、初めて見る女性の生オッパイ。健全な青少年である智己は、ひと目でその美しさの虜になってしまった。

「あ、あ、あ……」

熱くなった血液が身体中を駆け巡っていく。それらが最後にたどり着いた場所は、当然のように、智己の股間であった。

「ふふっ。悦んでくれたみたいね……って、何それッ？　智己くんのアソコ、凄いことになってるんだけど」

ブラジャーに包まれたふたつの膨らみ——それは、服の上から想像していたよりもはるかに迫力があり、生々しい。

人生最高のオカズを前に、智己のペニスは人生最高に勃起していた。

「ちょっとオッパイ見ただけで、そんなふうにガチガチのギンギンにしちゃうとか……むむむ。な、ナマイキっ」

綾奈のなかにある、子供のような負けん気が刺激されたようだった。

弄んでいた相手に驚かされたという事実を打ち消すために、これまで以上に気合の入った顔を見せてくる。

「それだったら、ウチも大人のテクニックってやつを見せてやろうじゃない」

「あ、綾奈さん？」

そう言って気合の表情を崩すことなく、再度綾奈が身体を寄せてくる。

背中に胸を押しつけ、手を伸ばし肉棒を握り、耳元に顔を寄せてくる。さっきまでと同じような状況だが、背中に伝わる感触がまるで違う。

(ぼ、僕の背中に……綾奈さんの生オッパイが……当たってる)

下着越しでも、その感覚は極上のものだった。

これがもしも、下着がなく、自分も入院服を着ていない素肌だったとしたら――。

想像するだけで、鼻血が出そうだった。

「ほら？　どうよ？　オッパイの柔らかさを感じながらのシコシコは？　智己くんのコレ、

破裂しそうなくらいパンパンじゃない」

「あぁぁ……うぅ、あッ……」

大きく膨張した肉の塊を握りながら、綾奈の細くて白い手が上下に素早く動く。期待と悦びによって膨らんだペニスの先端から、先走り汁がトロトロと溢れ出し、綾奈の手と絡み合っていく。

ねっとりと伸びる透明な糸。見た目のエロさが増したことに加え、ヌルヌルとした感覚が加わったことで、綾奈の手コキがさらに気持ちいいものになっていった。

「はぁぁぁ……す、すっごぉ……ふぅ、ふぅ、んんッ……智己くんのモノから、えっぐい匂いがしてる。あぁん、やらしい……マジでエロい匂い………クンクン」

「ちょッ、嗅がないでくださいよ」

「えぇ〜、何言ってるの？　こんな匂いをさせてるのは智己くんでしょ？　チンチンをヌルヌルにして……ふぅ、ふぅ、ふぅ、んッ……ハァ……可愛い顔してるくせに、ここはしっかり男なんだねぇ」

からかうようにそう言った綾奈から、なぜかこれまでとは違う種類の熱を感じた。

背中越しなので定かではないが、綾奈の下半身がモゾモゾと動いているような気がする。

どうして綾奈は熱量を上げ、下半身を動かしているのか？

考えたところで、経験不足の智己にはわからない問題だった。

「うッ、ぐぐッ……」

突如として、思考が吹き飛ぶほどの快感が下半身を襲う。

綾奈に対する疑問が頭から消え、下半身を襲う快感が智己のすべてになっていく。

「ハァ、ハァ、ハァ……ゴクッ。どう？　どうなの？　智己くん……んんッ」

「す、凄い……です」

「えぇ？　何が？　何が凄いの？」

生温かい吐息が耳に触れる。

女の子のような声が出そうになったが、ギリギリのところで我慢した。

「どこが凄くなっちゃってるの、智己くん。ねぇねぇ、ウチに教えてぇ？」

「ど、どこがって………」

言わなくてもわかっているはずだ。しかし綾奈が、追及の手を緩めることはない。

熱っぽい身体を強く押しつけながら、綾奈が手の動きを遅くしていく。それによって快感が減り、物足りないむず痒さが増していった。

「うぅぅ……」

「ほら、智己くん。言わないと、シコシコしてあげないよ」

ペロリと、綾奈が耳を舐めてくる。

それは猫のような舐め方だったが、智己にすれば、淫魔の誘惑に等しいものだった。

「ア、ア、アレが……うぅ……凄い、です……アレが、気持ちいいんですッッッ」

我慢できず、叫ぶようにそう言ってしまった。

背中越しに、綾奈が嬉しそうに笑ったことがわかった。

「アレじゃわかんないよぉ……ほらぁ、もっとハッキリ言ってみて。オチンチン気持ちいいって、ハッキリ言うの……ほら、言ってぇ」

ご褒美のように、綾奈が肉棒を握る手を淫らに動かす。

「あぁぁぁぁ……チンチンッ……チンチンですッ。ぐぅッ……チンポ、気持ちいいです」

「チンチンが、どうして気持ちいいのぉ？」

「綾奈さんにしてもらって……し、扱いてもらってるから……ハァハァ……チンポ、凄く気持ちいいですッ。あぁぁぁ……」

男として情けないという自覚はあった。だが、どれだけ強い気持ちを持っていたところで、この快感から逃れることはできない。

熱い衝動が込み上げてくる。

いまはただ、何をされてもいいから、一刻も早くその瞬間を迎えたかった。

「ふふっ、そうだよね。チンポ、気持ちいいねぇ、智己くん。それじゃあ、もっともっと気持ち良くしてあげる。お姉さんがいっぱい感じさせて……あ・げ・る」

そこから先の愛撫には、容赦というものがなかった。

ペニスの中身を搾り出すような手コキと、肌を溶かすような激しい耳舐め。

一瞬の休みもなく、爆発的に快感が膨らんでいく。

「あッ…………あぁぁぁぁぁぁぁぁぁッ」

ビクンと身体が震えた次の瞬間、熱い白濁液が撃ち出されていった。

「きゃんッ……凄い。メチャクチャ勢い良く出てるよ、智己くん」

自分のペニスから飛び出していったドロドロの白濁液が、綾奈の身体を汚していく。

呆けた頭のまま、智己はその光景を黙って見つめていた。

「もうっ。智己くんってば出し過ぎ。あぁんッ、やだぁ……オッパイにもかかっちゃってる。こんなに出して……ウチの身体が、ザーメン臭くなったらどうしてくれるの？」

「ご、ごめんなさい……」

「ふふっ。冗談だって。ウチが好きでしたことだから、気にしなくてもいいよ。それより、どう？　ムラムラした気持ち、これでスッキリした？」

「は、はい……おかげさまで……」

「そっか。だったら良かった」

綾奈にすれば、区切りをつける程度の意味しかなかったのだろう。

シャンプーのいい匂いが近づき、頬に温かな感触が伝わってくる。

「綾奈……さん？」

「ふふっ。ゆっくり休んで、早く怪我を治してね。智己くん」

綾奈が頬に優しいキスをしてくれた。

それに気づくと、智己の胸は再び熱くなっていくのだった。

◇◇◇

本来ならば、文化祭のことを考えるべきなのだと思う。しかし、昨夜の出来事が強烈過ぎて、智己は綾奈のこと以外、何も考えられない身体になっていた。

「ハァ……綾奈さん。昨日は何であんなことを……」

現在の時刻は昼過ぎ。

朝。朝食の用意をするために、綾奈が病室へとやってきた。

顔を合わせた綾奈は、何の違和感もない自然体のままで、智己は本気で、昨日の出来事は夢だったんじゃないかと思うほどだった。

それでも、目を瞑ればあのときの感覚を明確に思い出すことができる。

綾奈の匂い、声、柔らかさ……あれが夢だとは思えない。

間違いなく昨日の夜、ここで綾奈とそういうことをしたはずなのに……。

（綾奈さん……何であんなふうに、何もなかったような顔ができるんだろう？）

綾奈の気持ちが知りたい。だが、ああも自然な態度だと、こちらが間違っているような気持ちになり、逆に何も聞けなくなってしまう。

綾奈への想いが、頭のなかでグルグルと回っている。

少しでも気持ちを紛らわせようと、母である珠実が差し入れてくれた本を読んでいたが、すでに読了済みの本ばかりだったのですぐに飽きてしまった。

ちなみに、そのなかには成人向きの雑誌、いわゆるエロ本も含まれていて、ちょっとではあるがそれを見たことで、綾奈への想いが逆に膨らんでしまう始末だった。

(母さんがあんな本を持ってきたせいで、ひとりでいると昨日のことを思いだして、また変な気持ちになっちゃいそうだよ……しょうがない。気分転換として、少し病院内を探検してみようかな)

もしかしたら綾奈に会えるかもしれない。

そんな期待を胸に抱きつつ、松葉杖を手に、智己は病室を出ていくのだった。

(入院したからこそわかることだけど……僕が入院してる聖エルモ病院って、思ってた以上に大きな病院だったんだな)

広い廊下に豊富な病室。医師、ナース、患者、お見舞い客、様々な人間が忙しそうに廊下を歩いており、病院で使う表現としては正しくないのかもしれないが、そこには、智己が想像していた以上の活気があった。

（売店に並んでる物は豊富で、屋上には綺麗な庭園があった。散歩するには最適かもしれないけど、人を探すとなると難しそうだな）

どうやら綾奈に会える確率は低いようだ。それに出会えたところで、勤務中の綾奈に無駄話をするような余裕はないだろう。

気持ちに区切りをつけて病室へ戻ろうとする智己だったが、慣れない場所を適当に歩いていたせいで、帰り道がわからなくなってしまった。

「ええっと……確か、こっちから来たんだっけ？」

記憶を頼りに歩いていると、智己は偶然、その場面を目撃してしまった。

「あ、あの、本当に困ります……」

何かを嫌がる女性の声。発しているのは、ナースのようだった。

「べつに困ることはないだろう。キミがそれだけ、男に好かれる身体だってことを教えてやってるだけじゃないか。特にこの尻のラインが……むふふふ、たまらんねえ」

嫌がるナースに身体を寄せながら、身体中に贅肉がついた中年男性がそんなことを言っていた。私服や白衣ではなく、入院服を着ていることから察するに、どうやらこの病院に入院している患者のようだ。

最初は、事情がわからないため、黙って様子を窺っていた。

それが明らかなセクハラで、女性が本気で嫌がっているということに気づいたとき。

「あ、あの……困ってるじゃないですか」

気づけば智己は、中年男性に向かってそう言っていた。

もちろん、そこに損得めいた感情などはない。

困っている女性を助けてあげたい。その一心で、醜い姿を晒す男性を注意したのだった。

「んん？　何だキミは？　関係ないのに口を出すんじゃないよ」

「いや、でも……どう見たってあなたがしていることは――」

「でもじゃないッ。年長者に向かってその口の利き方はなんだッ？　最近の若い者は目上を敬うことも知らんのかッ。だからこの国は駄目になるんだッ。ずっと不景気が続いてるのも、お前みたいな連中のせいだぞ。もっと責任を感じたらどうだ？　まったく、親の顔が見てみたい。お前みたいな奴の親だから、きっと礼儀知らずの馬鹿者なんだろうなッ」

最初のひと言を言い切る前に、烈火のごとく言い返されてしまった。

その理不尽で横暴な態度は、怒りを通り越して呆れてしまうくらいだ。だが、親の悪口を聞いて、黙っているわけにはいかない。

父さんがいなくなってから、母さんがどれだけ苦労して僕を育ててくれたか？

母への愛情が、そっくりそのまま怒りへと変わった。

「さっきから何を言ってるんですかッ。間違っているのは――」

強く言い返そうとする智己だったが、ふたりの人物が現れ、言葉が止まる。

眼鏡をかけた冷たい雰囲気の女性と初老の老人。

ナース長の黒崎志鶴と、白衣を着た医師だった。

「あっ、ナース長……それに、院長先生も」

中年男性にセクハラを受けていたナースが小さな声で呟く。彼女にすれば、窮地に仲間が駆けつけたという状況のはずなのに、その表情はなぜか暗いままだった。

「いったい何の騒ぎですか？」

チラリとあたりを一瞥し、冷静な声で志鶴が事情を尋ねてくる。

誰よりも早く答えたのは、負い目を感じなければいけない立場であるはずの、肥満体の中年男性だった。

「院長、あなたいったい新人ナースにどういう教育をしておるんだね？」

白衣を着た初老の医師が身体をビクつかせる。

どうやら目の前の中年男性に対し、恐れに近い感情を抱いているようだ。

「その……肥田《ひだ》先生、どうかしましたか？」

肥田と呼ばれた中年男性が、先程と同じような剣幕で言い放つ。

「どうもこうもない。ナースというものは奉仕の精神が何よりも大事なはずだろう？　そのことを私が教えてやってるのに、この新人ナースときたらずっと反抗的な態度のままだ。

その上、何も知らない患者が生意気に口出しまでしてくる。どうして入院中の私がこんなトラブルに巻き込まれないといけないのかね？」

「す、すいません、その、大変なご迷惑をかけてしまったようで……」

「私がこの病院にどれだけ寄付をしているのか？　院長だったらもちろん把握しているだろう？　その金をもっと新人教育にまわしたらどうなのかね？　金の使いどころを間違ってるんじゃないのか？」

そのセリフを聞いたことで、肥田という男がどうしてこうも偉そうなのか、理由がわかったような気がした。

多額の寄付を受け取っている手前、弱い立場にある院長は、肥田が何を言ったところでペコペコと頭を下げるだけだった。

このまま延々と、聞くに堪えない肥田の説教が続くかと思われたが、志鶴が間に入ったことであたりの空気が一変した。

「よろしいですか？　肥田先生。それについては、ナース長である私があとで言っておきます。そのほかにも何かあるようでしたら、ここでは何なので……場所を移して、ということにいたしませんか？　そのほうが、先生も気兼ねなくお話しできると思いますので」

「うん？　確かにそうだな。では場所を変えて、少し私の考えを話させてもらおうか」

志鶴が目線で院長に合図を送り、意図を理解した院長が肥田を連れてどこかへと立ち去っていく。

悪が成敗されたという達成感はないが、これはこれで、見事な解決だった。

「あの……ナース長、申し訳ありませんでした」

残されたナースが、肩を落としながら志鶴に謝罪をする。立場的には被害者であるはずなのに、そのナースは最後まで、申し訳なさそうな顔をしていた。

「謝るのはいいから、早く部署に戻りなさい。ただ、どうしてこういうことになったのか、あとできちんと説明してもらいますからね」

「は、はい……」

志鶴にそう言われると、落ち込んだ様子のナースは智己に向かって頭を下げ、静々《しずしず》とその場をあとにしていった。

無言のまま、志鶴の視線がこちらを向く。その瞳には大人としての威圧感があり、一瞬で智己の身体は、緊張状態へと陥ってしまった。

「あなた……B病棟の天城智己さんですね？」

「は、はい。そうです……って、凄い。名前、覚えてるんですか？」

探索でわかったとおり、この病院は規模が大きく、相当な数の人間が入院している。

そんななかでも、志鶴は一度会っただけの智己のことを、フルネームでしっかりと覚えていた。身に纏う雰囲気。ナース長という立場。見た目の印象どおり、志鶴は優秀な人間のようだった。

「患者さんの名前を覚えるなど、ナースにすれば当然のことです……それより、患者さん同士のトラブルは困りますので、今後、このようなことはないようにしてくださいね」

突如として、説教の矛先が智己のほうを向く。

セクハラを受けていたナースのためにも、ここは事情を説明しておくべきだろう。

「そ、そのことなんですけど、実はさっきの人が、ナースさんにセクハラをしてて……」

「さっきの人？　ああ、肥田先生のことですね」

「そうです。その肥田って人が、しつこくナースさんに絡んでたから……」

「滅多なことを言わないでください。あの人は国会議員で、この病院に多額の寄付をしてくれている方なのですよ。無責任にセクハラなどという言葉を使って、変な噂が立った場合、あなたは責任が負えるんですか？」

「そ、それは……無理、ですけど」

「でしたら憶測でものを言うのはやめてください。それに必要なく、べつの病棟に出入りすることは規則で禁止されているはずです。我々は、規則と計画にそって患者さんの治療を行っているのですから、そのようなことは――」

そこから先はナース長である志鶴に、延々と説教を受け続けるだけだった。

肥田という男性に対する憤りと、納得できないモヤモヤとした気持ち。

そんな気持ちを抱えながらも、智己が最後まで気にしていたのは——。

(あのナースさん……大丈夫かな?)

セクハラを受けていた、ナースのことだった。

◇◇◇

「ハァ……結局最後まで、綾奈さんには会えなかったな」

音と光がない夜の病室。

智己はひとり、ベッドに寝転がりながら綾奈のことを考えていた。

あの一件のあと。病室に戻った智己は、日が落ち始めたタイミングで、もう一度綾奈を探して病院内を散策した。

その際、ナースステーションの前を通りかかった智己は、偶然、肥田にセクハラを受けていたナースの姿を発見した。

あのナースは、まだ落ち込んでいるのではないか?

様子を窺うために会話を盗み聞きした智己は、そこで肥田という男の悪評を、嫌というほど聞くことになってしまった。

傲慢、スケベ、礼儀知らず……最低の人間なのだが、国会議員という立場があるため、誰も逆らうことができない。

数多くのナースが、肥田という男を嫌悪しているようだった。

そんな会話のなかで、偶然綾奈の名前が出てきた。

『本当に困ったときは綾奈先輩に相談しよう』

『綾奈先輩だったら、きっと何とかしてくれる』

綾奈が多くの後輩たちに慕われていることがわかると、不思議と、自分が褒められているような気持ちになった。

(綾奈さんが褒められていると思うと、僕まで嬉しい気持ちになる。この気持ちは、いったい何なんだろう?)

綾奈に会いたい。会って声を聞きたい。声を聞いて、あの香りを嗅いで、許されるのであればもう一度——身体に触れてもらいたい。

綾奈に対する欲望が膨らんでいく。

みんなに慕われている綾奈を——肥田のように——卑猥な気持ちで見てしまっている。

そう思った瞬間、強烈な罪悪感が智己を襲った。

「わぁッ。何を考えてるんだッ?　僕は。綾奈さんをそんな目で見るなんて……」

「ウチがどうかしたの?」

「え?　その声は………って。うわぁッ。綾奈さん」

昨夜と同じように、気づけば綾奈がすぐそばにいた。

会うことを望んでいたわけだが、不意打ちとなると事情が変わる。

会えた喜びよりも、変な妄想がバレたんじゃないかという途惑いで、智己の胸は張り裂けんばかりにドキドキしていた。

「やだなぁ、そんなに驚いて。昨日も言ったっしょ。ウチは智己くんの担当ナースだから、様子を見に行くのは当然だって」

「そ、そうでしたね。ごめんなさい。急だったから驚いちゃって……」

呼吸を整え、気持ちを落ち着かせる。

夜の病室。ナース服姿の綾奈。大きな胸。シャンプーのいい香り。細くて長い指。

冷静さを取り戻したことで、昨夜の出来事がフラッシュバックしてきた。

(何だろう？　綾奈さんが、凄く色っぽく見える………って、そんなふうに思えるのは、僕が綾奈さんをいやらしい目で見てるからだろッ。反省しろッ)

必死になって自分を抑える智己に、綾奈が優しい声で聞いてくる。

「……ねぇ、智己くん。間違ってたらごめんなんだけど、今日、ウチの後輩をエロオヤジから助けてくれたのって、キミ？」

「あ、えっと……多分、そうです。いや、でも、助けたってわけじゃなくて……僕なんか、全然力になれなくて」

「やっぱキミだったんだ。松葉杖ついた可愛い男の子だったって言うから、たぶんそうなんじゃないかなって思ったんだ」

「うぅぅ……可愛いって言わないでください」

「あはっ、ごめんごめん。でも後輩、めっちゃ感謝してたよ。ウチからもお礼言わせてもらうね。本当にありがと」

「いえ、そんな……当たり前のことをしただけですから」

好意の視線を向けながら、綾奈が自分のことを褒めてくれている。

意識しないようにしていたのだが、気づけば身体が反応していた。

(あっ、マズい。昨日のことを思いだして……アソコが勝手に……)

隠したところで、隠しきれるような相手ではない。

恥ずかしさで動揺する智己を真っ直ぐに見つめながら、綾奈が妖しくニッコリと微笑む。

「当たり前のことかぁ……ねぇ、智己くん。そうやって真面目に良い子してるとさ、色々と溜まっちゃわない？」

「た、溜まるって……何がですか？」

「んー。ストレスっていうか……そういう気持ちかな？　それでウチも色々と、溜まっちゃってるんだよね。だから智己くんみたいな良い子を見てると、ついイタズラしたくなっちゃうっていうか……昨日みたいなこと、したくなっちゃうんだ」

昨日みたいなこと。

あれは夢ではなかったという確信が、智己の身体を沸騰させる。

「もし、智己くんも溜まってるんだったら……ヌいてあげよっか？　昨日みたいに……」

ゴクリと生唾を飲む音が、生々しく体内に響き渡る。

深くは考えることなく、条件反射のように、智己はゆっくりと首を縦に振るのだった。


「ハァハァハァ……綾奈さんッ。うぅぅッ」

智己の背中に胸を押しつけながら、綾奈が腕を伸ばし肉棒を扱いている。

昨日と同じような位置関係で、智己は綾奈に手コキをしてもらっていた。

「ふふっ。もっと力入れてもいいよ。そんなんで……怒ったりしないからさ」

「は、はい。それじゃあ、遠慮なく……」

手コキを受けているだけなら、二回目なのである程度冷静さを保てたかもしれない。

昨夜と今晩における絶対的な違い。

それは綾奈がナース服の前を開けるだけではなく、ブラジャーを外し、正真正銘の生オッパイを晒しているということだった。

手コキを受けながら、智己はチラチラと綾奈の胸を盗み見ていた。それに気づいた綾奈が、からかい半分で真っ白な乳房を晒し、触れることを許可してくれた。

本当にそんなことをしてもいいのだろうかという途惑いがあった。しかし、最後は湧き上がる好奇心と欲求に背中を押され、智己は恐る恐る、綾奈の乳房へと手を伸ばした。

真っ白な膨らみに、ピンク色の突起物。

初めて目の当《ま》たり《あ》にする生の勃起乳首は、言葉を失うくらいエロくて魅惑的だった。

「ほらぁ……遠慮しないで。もっと大胆に触ってもいいよ、智己くん」

背中越しに手をまわし、綾奈の魅惑的な乳房を揉んでみる。

「ふぅ、ふぅ……ねえ、どう？　ウチのオッパイ、柔らかい？」

「は、はいッ。その……凄く、凄く柔らかいです。うぅ……凄いッ」

柔らかくて弾力があり、ずっしりとした心地良い重さが手に伝わってくる。男を骨抜きにする魔性の感覚を前に、智己は同じような表現を繰り返すことしかできなかった。

「いいよぉ、もっと触って……智己くんの好きなように……ウチのオッパイ、いっぱい触りまくって……んん、はうぅぅぅんッ」

綾奈がそう言ってくれるのであれば、もはや遠慮する必要はない。

すべての意識を指先に集め、綾奈の胸を触りまくる。愛撫と呼べるほど立派な触り方ではない。気持ち良さの虜になった子供が、無我夢中で乳房を撫でまわしているだけだ。

（凄い……本当に凄い。綾奈さんのオッパイ……柔らかくて、気持ちいいッ）

触っているだけで達してしまいそうなほどの心地良さ。そんな状態で耳に甘い吐息を受

けながら、ペニスを扱かれているのだ。

　蓄積していた興奮と快感が燃料となり、白濁色の興奮が脈動を始める。

「うぁッ……あぁぁぁぁぁぁぁ、あうぅぅぅぅッ」

　腰が悶え、助けを求めるような声が口から飛び出していく。

　それを聞いた綾奈は、意地悪く嬉しそうに、手の動きを速くするのだった。

「キミのオチンポ、ウチの手のなかでヒクヒクしてるよぉ。もう出そうなの？　出そうなんでしょ？　精子出したいんでしょ？　智己くんっ」

「は、はいッ……あぁぁ、もう……出るぅぅぅぅッ」

　強烈な衝撃が下半身を叩き、目の前が真っ白になる。

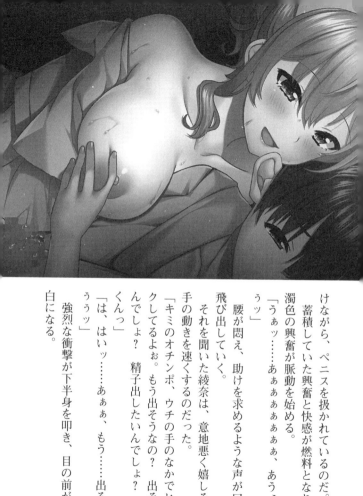

大袈裟ではなく本気で、死んだと思うほど、その射精は気持ちいいものだった。

「きゃんッ……うわ、うわッ、凄いッ。凄い出てるぅ……あんッ」

全身が震えるたびに、ペニスから勢い良く精子が飛び出していく。

筋肉が溶けたような錯覚に陥り、身体中の力が抜ける。それでも乳房に触れている手だけは、絶対に放したくないと思った。

「ねぇ。いまの、部屋の端っこまで飛んだんじゃない？　って、やだぁ、まだ出てる」

溢れ出した精液が、綾奈の手を白く汚していく。

申し訳ないと思う反面、その光景に未知の興奮を覚えてしまった。

「やんッ。智己くんってば……凄い量……んッ、はぁ……あつッ……あっ、熱い……」

遅れて発射された精液が宙を舞い、綾奈の肌にかかる。

手、腕、胸。もしかすると、顔にもかかったかもしれない。

「ハァ、ハァハァ……はふっ、ふぅ……凄い、匂い……んッ。頭が、クラクラしちゃう。ハァ、ハァ、ハァ……」

射精したことで熱が下がった智己とは違い、綾奈は精子を身体に浴びたことで、逆に熱が上がったようだった。

「ヤバい……これ、何か変な気持ちになっちゃうよ……ふぅ、ふぅ、ふぅ、んんん……」

チラリと視線を送り、綾奈の様子を窺う。

白くて大きな胸とピンク色の乳首。ドロッとした汚らわしい精液が、彫刻のように美しい乳房の上をトロリと滑り落ちていった。

「今回もいっぱい出たね、智己くん……あっ、でもまだオチンチン、ビクビクしてる。どうしちゃったの？　ちゃんと出したはずなのに……まだ足りないのかなぁ？」

「そ、それは……そのぉ……」

綾奈の指摘どおり、智己の肉棒は物足りなさそうに震えながら、上を向いていた。

誰がどう見ても、満足したようには見えない状態だ。

「もぉ、あんなに出してもまだ満足しないなんて……智己くんってば、しょうがない子なんだから」

「うぅ、ごめんなさい……」

「謝ることなんかないって。それにさ、一回出してもまだギンギンなんて、男らしくて逆に凄いじゃん」

「え？　男らしい……ですか？」

「うん、とってもね――って、やだぁ。マジで嬉しそうじゃん。ふふっ。智己くんってば、男らしいって言われるのが好きなんだ？」

「そりゃそうですよ。当たり前じゃないですか」

「ふーん、可愛いって言われるより、男らしいって言われたいのかぁ。そういうとこ、本当に可愛いなぁ」

笑顔に妖しさを含ませながら、綾奈が精子のついた手でペニスを撫でまわしてくる。

「はぅぅ……」

「やぁんっ。智己くんってば、フルボッキしてるじゃん。これはぁ、もう手でシコシコしてあげるだけじゃ、満足してくれないっていう感じかなぁ」

「え？　そ、それって、どういう意味ですか？」

「もぅっ……どうもこうもないって。わかってるくせにぃ……エッチな智己くんが、想像してるとおりだよ」

まさかという想像が頭を過ぎった。

背中から離れた綾奈が、場所を変え、智己の正面へとまわる。

綾奈がベッドの上に寝転がり、顔を智己の股間へと寄せてくる。

智己を見て一度だけニコリと笑うと、綾奈は髪の毛をかき上げながら、射精したばかりのペニスにそっと手を添えた。

「智己くんのオチンポ、ぜーんぶ気持ち良くしてあげるね」

「ぜ、全部？」

漠然とした期待が膨らむ。

次の瞬間、綾奈が行ってくれた行為により、膨らんだ期待が快感となって爆発した。

「はむ、んむむむ……んぐ、むぐぐ……チュポッ」

「あぁぁぁぁぁぁ……」

大きく膨らんだ肉の塊が、綾奈の小さな口のなかへと消えていく。

生々しい光景を前に、智己は呆然となる。

そんな無力な子羊となった智己に対し、綾奈が容赦のないフェラチオ奉仕を行ってきた。

「ふぅ、ふぅ、んふぅ………智己くんろオヒンポ、おっきい……それじゃあ、これからこのデカひンを、お口れヌキヌキひてあげるれぇ……ジュルル」

「あ、あ、あぁぁぁ……」

唾液を塗りたくりながら、綾奈の唇が肉棒の表面を滑っていく。

上から下へ。下から上へ。手コキと比べるとゆっくりとした動きだが、生み出される快感は桁違いだった。

(綾奈さんが、舐めてる。男の人のモノを……僕の、オチンチンを……)

綾奈が紅潮した顔で肉棒をジュポジュポとしゃぶり、適度なタイミングで口から出し、舌で先端や胴体をペロペロと舐め上げてくる。

「うわぁ……あッ、あぁぁ……」

シーツを強く握り締め、下半身にグッと力を込める。

年齢制限のある動画でしか見たことがない、フェラチオという行為。

フェラチオを受けている男性のだらしない顔を見て、本当にそこまで気持ちいいのだろうかと疑問に思ったことがあるが、いまならあんな顔をしていた理由がよくわかる。

逆らいたくても逆らえない、凶悪なまでに強烈な魔性の快感。

一秒でも長く、この快感を味わっていたい。

「んぶぶッ、ジュポ、ジュルルルル……ろう？　気持ちひぃれひょぉ？」

「はい……気持ちいい……………凄く……うッ……気持ちいいですッ」

「でひょ。智己くんのだらひない顔……ウチのフェラに夢中になっへるの、まるわかりらよぉ……ジュルルッ。ジュポッ、チュブブブブ……」

甘くて中毒性のある快感が下半身を侵食していく。

ふと視線を下ろすと、綾奈の白くて大きなふたつの乳房が視界に入った。

染み出した汗と、垂れ落ちた唾液によりふたつの乳房が妖しくテカテカと光っている。

さっきまで自分は、あの塊を触っていた。柔らかくて、弾力があって、スベスベしていて、手にしっとりと絡みついてくる柔らかな塊。

大きいがゆえに生まれる影の形が、乳房のエロさを強調している。

ビンビンに勃起したピンク色の乳首を見たことで、これまでとは違う種類の興奮が、智己のなかに芽生えた。

「やぁん……また大きくひてぇ……もうっ、膨らまへふぎぃ……ジュルルル」

　さらに大きくなった肉棒に驚く綾奈だったが、その驚きは一瞬のものだった。すぐに調子を取り戻し、驚かされた仕返しと言わんばかりに、フェラチオの濃度を上げていく。

「そんなにコレが気に入っはのぉ？　智己くんのスケべっ、ドエッチぃ」

　淫靡《いんび》で濃密な綾奈のフェラチオ。行為の濃厚さに比べ、綾奈が見せる表情は自然体で、これといった力みというものがない。

　その姿はまるで、子供をからかう近所のお姉さんのようであった。

　そこからしばらくの間、夜の病室に淫猥な音を響かせながら、フェラチオというインモラルな行為が続いていく。

「綾奈さん……もう、僕ッ……」

　綾奈が自然体だからこそ、何の躊躇もなく快楽に溺れることができた。

　これは間違った行為ではなく、担当ナースが行ってくれている甘くて淫らな看護なんだ。

　時間が経っていくことで、そんな錯覚を抱く始末だった。

「ジュポッ……な～にぃ？　もうイッちゃいそうなの？」

　咥えていたペニスを口から出し、上目遣いで綾奈が聞いてくる。

「は、はい……もう、出ちゃいそうです」

「ふふっ。そっかぁ……でも駄目。もう少しだけ、我慢してね」

　フェラチオに代わり手コキをしながら、綾奈が意地悪くそんなことを言ってくる。

「あぁぁッ。そ、そんな……」

「やぁ～ん、そんな泣きそうな顔しないでよぉ。ホント可愛いなぁ」

寒気を感じたかのように、綾奈の身体がブルッと震える。

まるで智己が見せる困り顔が、綾奈の快感神経と繋がっているかのようだった。

「でも、いま出しちゃうともったいないよ。ウチのお口、もっと堪能したいでしょ？」

「は、はい……堪能したいです。でも、もう我慢できないから……」

「そっかぁ。じゃあ、仕方ないな。ウチのお口に出してもいいから……智己くんの気が済むまで……ウチのお口を使ってね」

綾奈の唇が動き、口内が丸見えになる。

肉棒と混じり合ったことで粘度を増した唾液が、綾奈の口のなかでねっとりと上下に拡がっていく。通常であれば見ることができない女性の陰部を見たような気がして、智己はその光景にたとえようがないエロスを感じた。

「それじゃあ……再開」

「んあぁぁ……くぅぅぅぅぅぅッ」

それは愉しむではなく、イカせるための行為だった。

爆発的な快感が絶え間なく智己の下半身を襲う。抗えない何かが腰の奥から湧き上がり、視界から色が失われていく。

「にゃ～にぃ？　まら我慢しへるの？　ほんろ、智己くんっへば、良い子すぎぃ……こういうとひは、我慢ひなくていいんらから……らして。らしてぇ……ウチのお口のらかに、ドロドロの精子……いっぱいらひてぇぇぇぇぇぇぇッッ。ジュルルルルルルルルルルル」

綾奈が頬をすぼめ、咥えたペニスを思いっきり吸い上げてくる。

バキュームフェラと呼ばれる必殺攻撃により、ついに智己はそのときを迎えた。

「あッ、あッ……で、出ますッ……ごめんなさいッ。綾奈さんの、口のなかで……んんッ」

欲望によってドロドロに溶けた精液が、綾奈の口内へと撃ち出されていく。

智己の人生にとって初めてとなる、女性への口内射精。

感慨深さや達成感といったものはない。圧

倒的な快感と満足感により、智己の全機能がマヒ状態になってしまった。

「うぐぅッ。うぐぐッ………んぐぐぐぐぐぐぐぐぅッ」

激しく撃ち出された精液を、綾奈は余すことなく口で受け止めてくれた。

苦しそうな顔に罪悪感を抱くが、一瞬のことでしかない。

必死になって精子を受け止めようとしている綾奈を見ていると、『凄くエロくて、凄く綺麗だ』としか、思うことができなかった。

やがてすべての精子が体外へと放出され、綾奈が落ち着きを取り戻す。

「ぷはぁッ………に、二回目なのにこんなに出るなんて……智己くんのオチンポってば、わんぱく過ぎぃ……ふふ、うふふふふふっ」

開いた口のなかに精液は残されていない。どうやらすべて、飲み込んでくれたようだ。

「ご、ごめんなさい。綾奈さんの口のなかに、僕……」

何て言って謝罪をしたらいいのかわからない。

困り果てる智己だったが、当然そんなことで、綾奈が怒るわけがなかった。

「いいって。ウチが勝手にしたことだから気にしないでよ。それより、どうだった？　これでスッキリして、眠れそう？」

「あ、はいっ。それはもう、ぐっすりと……」

「それなら良かった。それじゃあ、ちょっとそのまま動かないでねぇ。濡れタオル、用意するからさ」

「あっ。大丈夫です。身体を拭くくらいなら、自分でできますから」

「あははっ。気を遣わなくてもいいって。これくらいのこと、担当ナースにとったら当たり前のことなんだから。智己くんはそのまま、楽にしててね」

担当ナースという言葉が胸に刺さる。

(そうだ。綾奈さんと僕は、べつに付き合ってるってわけじゃなくて……)

だったら何でこんなことを?

知りたいけど、聞けなかった。

もしも答えが、自分が望むものでなかったとしたら——。

鼻歌まじりに身体を拭いてくれる綾奈を見つめながら、智己は言葉にはできない複雑な想いを胸に抱くのだった。

第二章　巨乳ナースへの募る想い

その話を聞いたのは偶然だった。

綾奈にフェラチオをしてもらった日から二日後。

あの日以来、綾奈とは「そういうこと」はしていない。といっても、何か特別な理由があって、綾奈との関係が断たれたというわけではない。

関係は良好で、顔を合わせたらいつも自然体で接してくれる。

気まずさを感じているというわけではない。単純にシフトなどの関係で、会う機会がなかったというだけの話だった。

何の進展もない状況に、モヤモヤとした気持ちを募らせていたある日。

怪我の検査に向かうため、智己はひとり、ナースステーションの前を歩いていた。

「ねぇ、時任さんのあの話、聞いた？」

「聞いたわよ。どうかと思うわよねぇ、ああいうの」

話をしているのは中年のナースたちだった。綾奈よりもひと回りくらい年上といった感じで、ワイドショー的な噂話が好きそうな人たちだった。

（時任って……確か、綾奈さんの名字だよな？）

　時任という名前を聞き反射的に足が止まった智己は、怪我が痛むふりをして近くの椅子に座り、ナースたちの話を盗み聞きすることにした。

（無責任な噂話なんて、無視するのが一番だってことはわかってるんだけど……綾奈さんの話となると、どうしても……）

　近所に住むお姉さんのように、常に自然体で接してくれるから綾奈のことを知っているような気になるが、それは都合のいい勘違いでしかない。

　普段の綾奈がどんな人間で、どんな考えを持って、どんな行動しているのか？

　何も知らないからこそ、無責任な噂話でも聞いてみたいと思った。

　智己の存在などまるで気にすることなく、ナースたちが会話を続ける。その表情は、暗い内容を予感させるものだった。

「もともと、あんまりいい話は聞かなかったけどね。ちょっと調子に乗ってるっていうか、後輩をはべらせていい気になってるっていうか……」

「そうそう。そのくせ金と権力がある相手には、あからさまに媚びちゃってさぁ……あれってきっと、愛人の座とか狙ってるのよ」

「あー、ありうるわぁ。絶対にそうよね」

　予想よりも生々しい内容に、智己の胸がざわつく。

(愛人？　いったい何の話なんだ？　綾奈さんが媚びてるって……どういうことだ？)

無責任な噂話に対する怒りよりも、いまは途惑いのほうが強かった。

「だいたい時任さん、彼氏がいるって自分で言ってたはずなのに……相手がお金持ちだからって、あんなふうにアピールしちゃって……あー、やだやだ」

「こうなるとやっぱり、あの人が元ヤンだって話も本当なんでしょうね。貞操観念も緩そうな感じだし……本当に、同じ女としていい迷惑だわ」

「――ふたりとも。そんな大きな声で話をしてたら、患者さんの耳にも入りますよ」

落ち着いた声音で会話に割って入ってきたのは、ナース長である志鶴だった。

「私語を禁止するつもりはありませんが、スタッフの話をするのであれば、ちゃんと場所を選んでください。誰が聞いているか、わかりませんからね」

注意を受けたナースたちが慌てた顔を見せるが、怒られたというほどではない。

あくまでも、時間と場所について注意をしただけであって、志鶴にすれば、内容などどうでもいいといった感じだった。

「そ、そうですね。以後、気をつけます。ただ私たちは、一般論を言っていただけで……ナースが愛人の座を狙って特定の患者と仲良くするなんて、やっぱり良くないですよねぇ」

当然ですと言わんばかりに、志鶴が冷笑する。

「ええ、もちろん。言うまでもないことです。そもそも一般論を言うなら、男性に経済的に頼ろうなんていう発想自体、駄目なんじゃないかしら。少なくとも、本当に自由で自立した人間であるためには、自分できちんとお金を稼がないと。ありがたいことに、ナースという仕事はそれができるんですから、私たちも日頃から努力しないと」

「ですよねぇ。私もそう思います」

「ナース長の考えはやっぱり格好いいですね。憧れちゃうわぁ」

失点を取り戻そうとしているのだろう。ふたりのナースが、志鶴に向かって聞こえのいい言葉を並べ始める。

聞いているのが辛くなった智己は、気配を殺しひっそりと、その場を立ち去っていった。

(綾奈さんが、金持ちの患者に媚びてる？　あからさまにアプローチしてる？　元ヤンだから貞操観念が緩い？　そんな……そんなこと……)

全力で否定したかった。だが、出会ったばかりの智己に「あんなこと」をしてくれたという事実が、智己の気持ちをかき乱す。

(違う。何かの間違いだ。綾奈さんはそんな人じゃない。綾奈さんはいい人だ。後輩のナースさんたちも、綾奈さんのことを慕ってたじゃないか……でも、綾奈さんには彼氏がいて……なのに僕にああいうことをして……本当なのか？　綾奈さんには、本当に彼氏がいるのか？　わからない。何が本当なのか、まるでわからない…………僕は、綾奈さんのことを……何も知らない)

迷いを打ち消してくれる答えが欲しかった。

だが、その答えが自分の理想の逆をいくものだとしたら……。

暗くて嫌な気持ちを抱えたまま、いまはとりあえず怪我の検査へと向かう智己だった。

◇◇◇

検査が終わってから数時間後。暇を持て余したということもあり、智己はリハビリという名目で病院内を彷徨《さまよ》っていた。

綾奈に会いたい。会って話をすれば、この気持ちも少しはマシになるはずだ。

そんな想いを胸に、松葉杖をついたまま、智己はあてもなく病院内を歩き続けていた。

(こうやってウロウロしてたところで、綾奈さんに会えるってわけじゃないのに……)

それはよくわかっていた。だが、病室のベッドで悶々と悩み続けるよりは、こうやって動いていたほうが身体にいいはずだ。

綾奈に対する不安をかき消すためにも、いまはとにかく動いていたかった。

「もぉ～っ。肥田さんてば、本当にお世辞が上手なんだからぁ」

最初は、考え過ぎによる幻聴かと思った。しかしすぐに、現実に聞こえてきた声だということを確信する。

（あ、綾奈さんの声だ。どうやらこの病室に、いるみたいだけど……）

元気で愛嬌のあるあの声を、聞き間違えるわけがない。

場所は大部屋ではなく、個室が並ぶ病棟。どちらかというと、富裕層が多い区域だ。

（何だか楽しそうな声に聞こえるけど……なかで、何をしてるのかな？）

夕方が近いとはいえ、夜にはまだ程遠い時間帯。

間違っても、「そんなこと」をしているわけがないと思うのだが……。

（そんなわけない。綾奈さんは、そんな人じゃ……）

求めていた答えを得るために、智己はそっと扉を開け、室内の様子を窺った。

（いた。間違いなく綾奈さんだ。前屈みになって……ベッドのシーツを整えてるのかな？）

智己の推測どおり、綾奈は前屈みでベッドに手をつき、シーツを整えていた。

位置関係の都合上、ナース服越しではあるが、丸くて張りのあるお尻が丸見えになっている。そんな気持ちはこれっぽっちもなかったのだが、視界に入ってきたお尻の形状があまりにも魅惑的だったため、智己は思わず生唾を飲んでしまった。

（な、何を考えてるんだッ……これじゃあ、ただの覗きじゃないかッ。そうじゃなくて、普段の綾奈さんを知るために、僕は……）

綾奈のそばには、病室の主だと思われる中年男性がいた。

その姿を見た瞬間——智己の胸に、冷たい何かが突き刺さった。

（あれは……ナースさんにセクハラをしてた……確か肥田って名前の、国会議員……）

全身の筋肉が強張り、松葉杖を倒してしまいそうになる。ギリギリのところで踏み止まったが、頭のなかはすでにグシャグシャだった。

「いやいや、お世辞なんかじゃないぞ、綾奈くん。君は本当にいいスタイルをしとる」

先日とは別人のように、肥田は上機嫌だった。肥満体の身体を揺らしながら、ニヤニヤしながら舐めるように綾奈のことを見ている。

（どうして、綾奈さんが肥田さんと話をしてるんだ？　い、いや、落ち着け。相手は患者さんなんだから、話をすること自体はおかしなことじゃない。でも、だからって……綾奈さんがあの人と、あんなふうに楽しそうに話をしてるなんて……）

たった一度の接点だが、肥田という男の人間性はわかっているつもりだ。

傲慢で下品で威圧的。そんな男を相手に、綾奈は媚びるように笑みを浮かべていた。

「えぇ～、ホントですかぁ？　そこまで言ってもらえると自信つけちゃいますよぉ」

「ハッハッハ……自信をつけたらいい。しかしまぁ、そんなポーズをされると、ますます下半身に目がいってしまうねぇ」

肥田が手を伸ばし、丸くて形のいい綾奈のお尻をいやらしく撫でまわす。

自身のセクハラが原因で、問題が起こったことなど完全に忘れているのだろう。綾奈に対してセクハラを行う肥田の顔は、たとえようがないくらい下品だった。

（綾奈さん……あんなことされて、何とも思ってないのかな？）

綾奈が声を上げて抵抗することはない。

むしろ甘んじて、それを受け入れているように見えた。

「ふむ、実にいい形だ。実際に触ってみるとよくわかるよ」

「あ、あぁん……もぉ、肥田さんてば、そんなトコ触ってぇ……奥さんに見つかったら、怒られちゃいますよぉ」

「あんな奴のことなんてどうでもいいだろう。ここでは、ふたりっきりじゃないか」

綾奈が抵抗しないのをいいことに、肥田のセクハラがエスカレートしていく。

太くて丸い指が綾奈のお尻を這いまわる。弱点を探しているように見えるが、感度が高い場所を直接触るような真似はしない。

触ることよりも、シチュエーション自体を楽しんでいるのだろう。

嬉しそうに、愉しそうに。じっくりともったいつけるように、綾奈の反応を窺いながらしつこくお尻を撫でまわしていた。

「あ、あッ、んんッ……駄目ですよぉ。もうすぐこの部屋に、お見舞いの人が来るって言ってたじゃないですか」

「おやおや、何を勘違いしてるのかな。私は綾奈くんの筋肉や脂肪の付き方を確かめてるだけだぞ。さて、と……それではこっちのほうは、どうかな？」

「やんッ……何してるんですか？　そこには筋肉なんて……あッ、あぁ……あッ」

我慢できないといった様子で、綾奈が甘ったるい声を発する。

そうなった原因は、肥田の手が綾奈の乳房に触れたからだった。

前屈みという体勢のため、綾奈の乳房は下に向かって垂れた状態になっている。肥田はそんな乳房を持ち上げるようにして握り、タプタプと上下に揺すっていた。

「んんッ……んッ……あッ」

綾奈がそれを拒絶することはなかった。それどころか頬を赤らめ、瞳を潤ませているように見える。

（そんな、まさか……綾奈さんは、この行為を受け入れているのか？）

誰がどう見ても、そういうふうにしか見えない。

綾奈は肥田が行うセクハラを、無抵抗で受け入れていた。

「おっ、これは困った。だんだん下半身のほうが苦しくなってきたぞ。どうだね、綾奈くん。キミのせいで腫れてしまったモノを、看護してほしいんだが……」

「ふぅ、ふぅふぅ、んんッ……そんな……駄目ですよぉ、こんなところで……んんッ」

「ということは、ここでなければいいのかね？」

「ふふふっ……さあ、それはどうでしょうねぇ」

そこが限界だった。

この先の展開が、智己にとって最悪のものになるとは限らない。だがこのふたりのやり取りを見る限り、その可能性が低いとは言い切れない。

（……もう駄目だ。限界だ。このままふたりの様子を覗き続けるなんて、僕にはできない。そんな勇気……僕には、ない）

誰にも気づかれないように気配を殺しながら、智己は静かにその場を立ち去るのだった。


その後のことは、ほとんど記憶に残っていなかった。

自分の病室に戻ることなく、智己は適当に病院内を彷徨っていた。

人目を避け、雑踏から離れ、逃げるように誰もいない場所を目指した結果。智己がたどり着いたのは、夕日が見える屋上庭園であった。

夕日が眩しく肌寒さを感じる時間帯であるため、そこに智己以外の人影はない。

歩き疲れたということもあり、とりあえず智己は、近くのベンチに座ることにした。

（綾奈さんは……どうして肥田さんのセクハラを拒まなかったんだろう？）

何かを考える余裕ができたことで、嫌でも、あの光景を思い出してしまう。

ニヤニヤと下品に笑いながら、綾奈の身体を触り続ける肥田。

ニコニコと笑みを浮かべながら、肥田の行為を受け入れる綾奈。

智己の目には、綾奈が本気で嫌がっているようには見えなかった。

（綾奈さんがお金持ちの患者さんにアプローチしてるっていう噂……あれって、肥田さんのことなのかな？　綾奈さんと肥田さんは、いったいどういう関係なんだろう？）

どれだけ考えたところで、納得できる答えなど出るわけがない。ただ苦しいくらいに、思考が乱れるだけだった。

（僕はあのとき、綾奈さんのために部屋に入って、肥田さんを止めるべきだったんだろうか……いや、でも、僕は綾奈さんの恋人ってわけじゃないし……もしも綾奈さんが、それを望んでなかったとしたら……）

骨折した患者と、看護を担当することになったナース。

智己と綾奈が、そういった関係であることは間違いない。しかし智己は、綾奈のことをそれ以上の存在だと思うようになっていた。

（そもそも綾奈さんは、どうして僕に『あんなこと』をしてくれたんだ？　性欲を持て余す僕を見て同情したから？　それとも単に……そういうことが、好きだから……）

相手は誰でも良かった。

選ばれたのは偶然で、そこに好意と呼べるようなものは、欠片《かけら》も存在しなかった。

そう思うと、涙が出そうなくらい胸が痛くなる。

（……あのあと、綾奈さんと肥田さんはどうなったんだろう？　もうすぐ人が来るって言ってたから、あれ以上のことにはなってないと思うけど……）

場所を変えればどうとでもなる。

本人たちがそれを望むのであれば、誰にも止めることはできないのだから。

「綾奈さん……」

どうしようもなく胸が痛い。だけど、それを治す方法がわからない。

（僕にとって綾奈さんは……どういう存在なんだろう？）

考えることをやめようとしたところで、綾奈の笑顔が頭から消えることはない。

オレンジ色に染まる屋上庭園で、智己はひとり、綾奈のことを想い続けるのだった。

「あっ、智己くん。こんなところにいたんだ？」

それからどれくらいの時間が経ったのだろう。

ナース服を着た綾奈が、屋上庭園に姿を現す。口ぶりから察するに、担当患者である智己のことを探していたようだ。

「綾奈さん……どうしてここに？」

「どうしてって……決まってるじゃない。病室に智己くんがいなかったから、心配になって探しまわってたんだよ。それより、少しでも早く怪我を治すためとはいえ、リハビリを兼ねてこんなところまで歩いてくるなんて……智己くんってば、本当に真面目なんだから」

事情を知らない綾奈が、満面の笑みでそんなことを言ってくる。

智己はその笑顔を直視することができず、反射的に視線を逸らしてしまった。

そして同時に——服の裾を引っ張り股間を隠す。

綾奈を見た瞬間、肥田にセクハラを受けていた姿が頭に浮かび、身体の一部が敏感に反応してしまったのだった。

（こんなときだっていうのに……何を考えてるんだ、僕は……）

強烈な罪悪感に襲われる。

そんな智己の姿を、綾奈が見逃すわけがなかった。

「って、あれぇ……ウチが声をかけてから、妙にソワソワしてるなぁって思ったけど……なるほど、そういうことか。散歩に出かけたのはリハビリのためだけじゃなくて、ムラムラした気持ちを抑えるためだったんだぁ」

綾奈は何か勘違いをしているようだが、そう思われても仕方がない状況だった。

現実に智己は勃起しており、気恥ずかしさと気まずさから、まともに綾奈の顔を見ることができない状態だった。

「ふふ、そうだよねぇ。智己くんくらいの歳だったら、出したい気持ちがすぐに溜まっちゃうよね。それとも、ウチの顔見て色々なことを思い出しちゃったのかな？ ふふっ。これは責任持って、ヌキヌキしてあげないと」

艶っぽく微笑み、ベンチに座る智己の前に綾奈がひざまずく。

綾奈が何をする気なのか。容易に想像することができた。

「え？ だ、駄目ですよ、綾奈さん……こんな時間に、こんな場所で……」

「大丈夫だって。もう屋上の開放時間は過ぎてて、出入り口のカギは閉めてきたから……ここには誰も来ないよ」

「で、でも、だったら僕たちも早く、病室に戻らないと……」

「そうだね。智己くんを見つけたらすぐに戻るつもりだったんだけど、何だか智己くんが、落ち込んでるように見えたから……」

「え？」

「ふふっ。担当ナースとして……お姉さんが元気づけてあげるね」

そう言われたら、もはや流れに身を任せるしかなかった。

綾奈の優しさに触れ、綾奈の温もりを身体全体で感じる。

それだけが、胸の痛みを癒す唯一の方法に思えた。

「あ、綾奈さん。これは……」

「何って、パイズリだよ。知らない？」

返事をする綾奈の顔は、子供のように無邪気だった。

「いえ、その、名前くらいは知ってますけど……」

場所は病院の屋上庭園。時刻は夕方で、出入り口のカギは締まっている。

人目を気にする必要がないとはいえ、ここが野外であることに変わりはない。

「こんな場所で、そんなこと……」

「えー？　そう言うわりには、智己くんのオチンチン……もうこんなに膨らんでるよ。ウチの胸の間で元気にピクピクして……こっちのほうは、やる気満々っていう感じだけど」

ベンチに座る智己の前にひざまずいた綾奈は、ナース服の前を全開にして、惜しむことなく形の良い乳房を晒していた。

白くて大きな乳房に、ぷっくりと膨らんだ桃色の乳首。

野外で乳房を晒すというだけでも相当な行為だが、綾奈の目的はそれだけではなかった。

「やぁんッ。オッパイで挟んであげただけなのに……智己くんのオチンチン、ビクビクってなったよぉ。智己くんってば、相変わらず敏感だね。でも、仕方ないか。大好きなオッパイが、大切なオチンチンをギュッってしてるんだもん。我慢しろっていうほうが、無理な話だよねぇ」

目の前の光景が卑猥過ぎて、頭がどうかなりそうだった。

ひざまずき、乳房を晒した綾奈。豊満な胸を使い、完全勃起状態のペニスを左右から力強く挟み上げている。

これが、パイズリと呼ばれる行為であることは智己も知っている。

重要なことは夕方の屋上で憧れの女性が、勃起状態にある自分の性器に対して、それを行っているということだ。

生々しくてグロテスクな勃起ペニスと、綾奈の無邪気で可愛らしい顔が、ワンセットとなって自分の視界に飛び込んでくる。

（あぁ……綾奈さんが動くたびに、僕のアソ

コに柔らかな胸が……）

視覚を満たす鮮烈な光景と、触覚を満たす強烈な快感。

綾奈が言ったとおり、我慢しろというほうが無理な話だった。

「ふふふっ……で、どうするの？　智己くんは気分が乗ってないみたいだけど……誰かに見られちゃヤバいから、これでお終いにする？」

「そ、それは……」

駆け引きだとわかっていても、反射的に動揺した表情を浮かべてしまう。

こちらの反応を見た綾奈が、意地悪く嬉しそうに微笑む。だからといって、満足したというわけではない。

両手を使いリズミカルにペニスを刺激しながら、上目遣いに綾奈がささやいてくる。

「こんなにオチンチン大きくしたまま、智己くんは自分の病室まで、ひとりで帰れるのかなぁ？　無理なんだったら、ナースのお姉さんに……してほしいこと……素直に言わないと駄目だよぉ。クスっ」

パイズリによる快感が途切れることはない。しかし快感の強さ自体は微弱なもので、物足りなさを感じた腰が勝手に動いてしまう。

「智己くんは、ウチにどうしてほしいわけ？　ほらほら。男らしく白状しないと……もっと気持ちいいこと、してあげないよぉ」

妄想が加速し、興奮によって全身が熱くなっていく。

喉の渇きを誤魔化すために生唾を飲みながら、智己は震える声で、綾奈に向かって正直な気持ちを口にした。

「え、ええっと……その……パ、パイズリを……うぅぅっ……もっと激しく、パイズリをしてほしいですッ」

緊張と羞恥が限界を超え、身体中から汗が噴き出してくる。

それとは対照的に綾奈は、これでもかというくらい落ち着いていた。大人の余裕を見せながら、褒めるような笑みを向けてくる。

「むふふふふっ、よく言えましたぁ。よく言えたご褒美として……智己くんの大好きなオッパイで、いっぱいヌキヌキしてあげるねぇ。うふふふっ」

「あ、あぁぁ……あッ……」

そう言って、綾奈が押しつけるだけだった胸を上下に揺らし、扱《しご》くようにして智己のペニスに快感を送り込んでくる。

あまりの気持ち良さに思考が停止してしまう。

智己は女の子のように悶えながら、ただひたすら我慢し続けるだけだった。

「むふふっ、どう？ 手や口でするのとは、また違った感じでしょ？」

「くっ……は、はい。何だか、不思議な感じです。でも……これはこれで、凄く気持ち良くて……うぅッ。あッ……」

揺らし続けたことで、乳房の表面が薄っすらと汗ばんできた。

汗という潤滑油を得たことで、ペニスに伝わる快感の質が変わっていく。

「ふぅ、ふぅ、ふぅ……ふふふふふっ。もぉ、智己くんってば、ウチのオッパイガン見し過ぎぃ。本当、男の子ってみんなオッパイが好きだよねぇ」

快感に溺れながらも、気づけば夢中になって綾奈の乳房を見ていた。

いやらしく形を歪めながら上下する様が、どうしようもなく智己を興奮させる。

たまに、汗で濡れた肌が夕日を反射して、宝石のようにキラキラと光っていた。

「それとも、もしかして智己くんは……マザコンなのかなぁ？」

母である珠実の姿が頭に浮かび、これまでとは違う意味で恥ずかしくなる。

「ち、違いますッ。そういうわけじゃ……」

「えーッ。でも、智己くんのオチンチン、ウチの胸のなかでビキビキッて大きくなったよ。もしかして、お母さんのこと思い出して余計にコーフンしちゃったのかなぁ？　もぉ、智己くんってば、本当に変態なんだから」

お遊びとして、そう言っていることはすぐにわかった。だが、母親という単語を出されると、どうしても露骨に動揺してしまう。

思春期だからということもあるが、やはり最大の原因は——母である珠実が、女として魅力的過ぎるからだった。

「まあ、そんなに気にしなくてもいいよ。智己くんに限らず男の子はみんな、ママのオッパイが大好きなんだから」

「うぅぅ……」

「ふふっ。それじゃあママの代わりに……大好きなオッパイで、オチンチンいっぱい気持ち良くしてあげるねぇ」

お遊びの時間が終わり、これまでと同じ、扱くようなパイズリ奉仕が再開されるのだと思った。しかし、そんな智己の予想は見事に裏切られることになる。

「こんなこと……智己くんのママはしてくれるかなぁ？」

胸の谷間から、ペニスの先端が飛び出している。それはまるでべつの生き物のように、綾奈の唇の前でピクピクと震えていた。

生々しくて卑猥な肉棒の先端。

綾奈は一度だけニコッと微笑むと、唇を突き出し、肉棒の先端にキスをした。

「うわぁッ……綾奈、さんッ……」

パイズリだけでも強烈なのに、そこにフェラチオが加わるとなると……。

どれだけの快感が身体を襲うのか。智己には想像することもできなかった。

「ふふっ。思ったとおりのいい反応。それでどうする？　オッパイでズリズリするだけじゃなくて、お口でナメナメもしてほしい？」

もはや恒例ともいえる、答えがわかりきっている質問。

綾奈は智己の本音を知りたいと思っているわけではない。答えることで心の底から恥ずかしがる智己の姿を、ただ見たいだけなのだ。

それは嫌というほどよくわかっている。だがわかっていたところで、選ぶ選択肢が変わるわけではない。

「し、してほしい、です……ううっ、舐めてほしいです」

絶対的な快楽が待っている。

思春期の男子である智己は、その誘惑に屈するしかなかった。

「やぁんっ。それじゃあ駄目……もっと、もっとエッチな言葉で言ってッ。何をどうしてほしいのか、ちゃんと言ってぇ」

「あの、あのっ……チ、チンポッ……うぅ……チンポ、舐めてほしいですッ。オッパイで擦るだけじゃなくて……ハァ、ハァハァ……チンチンの先っぽも、綾奈さんに舐めてほしいですッ。フェラチオ……してほしいですッ」

そのセリフを聞いた綾奈の身体が、電気でも流されたかのようにビクビクと震える。

落ち着きを取り戻した綾奈の顔は、これまで以上に妖艶で色っぽかった。

「ハァ、ハァハァ……ふふっ、よくできました。ちゃんと正直に言えて、偉いねぇ。そんじゃ約束どおり、正直者の智己くんのオチンポ、ウチのベロでいい子いい子してあげる」

ゴクリと生唾を飲み、その瞬間を待つ。

綾奈の小さな口が開き、唾液を含んだ舌が顔を出す。ピタッと動きを止めて狙いを定めると、綾奈はためらうことなく、肉棒の先端を口に咥えた。

「あぁ……うぅッ」

射精と比べると弱いが、それでも充分過ぎるほどの快感がペニスを貫いていく。

「ハプッ、ネチュチュッ……ふふっ、気持ちいいときのオツユがいっぱい出てるよぉ、智己くん。可愛い顔してるくせに、オチンチンからこんなくっさい汁出したりしてぇ……」

「うぁっ、うあぁぁぁ……凄い……あうッ」

「本当に……本当にスケベなんだから、智己くんは………レロ、レロロッ、ジュルッ、ブチュ、ヌチュ、ヌブブブッ」

まともに何かを考えるということができない。

綾奈の乳房と口がもたらす快感が凄過ぎて、智己は人形のように、何も言うことができずされるがままという状態だった。

「レロロ、ネチュ、レロ……んあぁぁ……ハァ……精子の匂いがしてきてる。智己くんのオチンポ、もうドピュッってしたくなっちゃってるのかなぁ？　チュパパ、チュプ」

「はい……うッ……もう、出ちゃいそうです」

「くすっ、素直でよろしい……ジュルッ、ジュルル、ジュポポポポ」

綾奈の愛撫が激しくなる。遊ぶことよりも、イカせることを目的とした動きだ。射精に対する期待が高まる。しかしなぜか、突如として熱が冷めたかのように、綾奈の動きが緩やかなものになった。

「でもぉ、このまま服に精子かけられちゃうと、ちょっと困っちゃうかも。レロッ、レロロッ、まだ仕事もあるし……」

事情がわかったことで智己の熱も下がる。

最優先すべきは、自分の欲望よりも綾奈の都合だ。

仕事に支障が出るという正当な理由がある限り、身勝手な想いを貫くことはできない。

「そ、そうですよね……ぐッ……だ、だったら――」

「だから、智己くんの精子……ぜーんぶウチが飲んであげるね」

「えっ？　そ、それってもしかして、ええっと……」

冷めかけた気持ちが反転し、期待と興奮を含んだ熱へと変わる。

「もしかしても何も、こういうことだよ。はむッ、むぐッ……んんんんんんッ」

赤黒くてグロテスクな肉棒が、綾奈の小さくて可愛らしい口のなかへと消えていく。

綾奈がクルクルと舌を回転させ、口内に隠れた肉棒の先端をペロペロと舐めまわしてくる。下半身の奥底で、大量の精液が脈動している。智己は下腹部に力を込め、必死になって暴発するのを防いでいた。

「むふふふっ、よく我慢れきへるねぇ、ンチュ、ネチュチュッ、えらいえらい……チュ、チュブブッ……そのままウチのパイズリフェラ、もっともっと愉ひんれねぇ……ネチュ、チュチュ、ブチュチュチュ……チュブブッ」

口と舌を使った愛撫に加え、綾奈が魅惑の乳房をタプタプと揺らし、血管が浮き出た肉胴を激しく扱き上げてくる。

タイプの異なる快感が交錯することで、射精欲求の制御が困難になってきた。

「ん？　クチュッ……ハァ……オチンチン、どんどんビキビキになってる……そんなにコレが気に入っひゃったのぉ？　むふふっ。可愛い顔ひて、ほんとに変態なんらから……あむッ、ヌチュッ、チュブブブッ」

何を言われても反論できない。いや、もはや何を言われたところで、下半身を翻弄する快感が凄過ぎて何も考えることができなかった。

「まだらよぉ。まだ我慢ひてね……そしたらもっと、気持ひくなうからぁ……ジュブブッ」

綾奈の唇がペニスの先端を捉え、カリ首の部分を重点的に責めてくる。

強い快感によって思考能力が鈍る。智己は無意識のうちに綾奈の乳房を掴み、気づけば自らのペニスを力強く押しつけてしまっていた。

「もぉっ……智己くんっへば、オッパイ揉み過ぎぃ……ヌチュチュ、チュボッ……そんなふうにさえたら、こっちまえ、変な気分になっひゃうッ」

現実とは思えないほどに、下品で卑猥な音があたりに響く。

発生源は股間で、その股間ではいま、憧れのナースが信じられないくらい淫らな姿を晒している。

こんな状況なのだから、欲望に身を任せたところで何の問題もない。いや、むしろ抵抗するほうがどうかしている。

徐々に、だが確実に、智己はそんな気持ちになってきた。

「チュブッ……んんッ……やらぁ、オッパイにオヒンヒンの匂いがついひゃう」

口元から垂れた唾液と、胸の谷間から染み出た汗によって濡れた肉棒が、夕日を反射してキラキラと妖しく光る。

「ふふっ……れもいいよ。ウチのオッパイ……智己くんの匂いれ、もっほ臭くひへぇ……オチンチンの匂い……もっと身体に染み込ませてぇ」

いやらしい顔で嬉しそうに、綾奈が射精を求めてくる。

綾奈が悦ぶのであれば、いますぐその願いを叶えてあげるだけだ。

押さえつけていた射精欲求を解放する。するとビクビクと大きく腰が震え、ドロドロとした熱い物体がペニスのなかを勢いよく駆け抜けていった。

「んぐッッ……むぐぐッッ……うぅんんんんんんんんんんんんッッ」

制御できない快感が、下半身で小刻みに爆発する。

全身を強張らせ、必死になって精子を飲み込もうとしている綾奈の姿を、智己はぼんやりとした頭で他人事のように眺めていた。

「……んんんッ……口のなか、精子の匂いれいっぱい……んんッ、んく……ゴクッ」

射精によって生じた興奮が萎《しぼ》んでいくことに合わせ、綾奈が余裕を取り戻していく。

喉を鳴らしながら精子を飲み込む姿は、お世辞抜きで綺麗だと思った。

「やらぁ……まら出すのぉ……んぐッ、ぐぅッ……んッ、ゴク……ゴクゴクッ……」

綾奈の妖艶な姿を見たことで、奥のほうに残っていた精液が元気に飛び出していく。

この際だから、全部搾り取ろうということだろう。乳房を使いペニスを圧迫しながら、綾奈が先端にある発射口を強く吸ってくる。

「うぅ、あぁぁぁぁぁぁぁぁ……」

腰が浮くような快感とは、まさにこのことだった。

すべての精液が吸い出されたことで、極上の満足感が全身を包み込んでいく。

夢を見ているような錯覚に陥るが、綾奈の姿が視界に入ることで、現実だということを思い出す。

「今回もいっぱい出たね、智己くん……ふふふっ、健康な証拠だね。これだけ元気があるんだったら、脚だってすぐに治っちゃうよ」

「そ、そうですか……ハァ、ハァ、ハァ……だったら、いいんですけど」

「うふふっ……それじゃあ、精子まみれのオチンポを、キレイキレイしてあげるね」

その瞬間は、何のことで悩んでいたのか、本気で思い出すことができなかった。

それでもたったひとつだけ、確信していたことがある。

綾奈と過ごす時間は自分にとって、かけがえのない大切なものだ。

だからこそもっと長く——この人と一緒にいたい。

胸の奥から湧き上がるこの感情を、何と呼べばいいのか？

その正体がわからない智己は、天真爛漫な綾奈の姿に、延々と困惑し続けるだけだった。

第三章 母の励ましと伝えたい想い

この気持ちを誰に相談すればいいのだろう？

そう考えたとき、頭に思い浮かぶ人物は、母親である珠実だけだった。

普段と同じような生活を送っているのであれば、友達や先輩、場合によっては教師といった人たちに相談しようと思ったかもしれない。

しかしいまは入院中で、会える人が限られている。

そのなかで最も信頼でき、さらには最適な答えを教えてくれそうな人物となると、母親である珠実以外、思いつくことがなかった。


「——あのさ、母さん」

「ん？　どうしたの？　智ちゃん。毎晩ひとりで寝るのが寂しくなっちゃった？　だったら今夜は、母さんが病室に泊まってあげるわよ」

「いや、そうじゃなくて……」

昼前の病室。お見舞いにきた珠実は、いつものように穏やかだった。

おっとりとした優しい笑みを浮かべながら、母性を全開にした態度で智己に接してくる。

その姿はまさに母親といったところで、この人であれば、どんなことでも相談できるという安心感を抱くことができた。

「実は相談……っていうか、意見を聞きたいことがあるんだけど」

「え？　何々？　遠慮なく、母さんに何でも言ってごらんなさい」

「うん。実は――」

智己は自分の言葉で、これまでの経緯を珠実に説明した。

肥田という男がナースたちにセクハラをしていること。

綾奈は、セクハラを受けているナースたちの味方として肥田と敵対すると思っていたが、実際は笑顔で肥田と接し、甘んじてセクハラを受けていること。

綾奈は何を考え、肥田のセクハラを容認しているのか？

綾奈のために、自分は何ができるのか？

ただの患者でしかない自分が、綾奈のためとはいえ、勝手に行動してもいいのか？

信頼できる大人である珠実に、智己はそれらの質問を投げかけてみた。

「なるほど。要するに智ちゃんは、そのナースさんが何を考えているのか？　気になって仕方がないっていうことね」

「そ、そういうわけじゃ…………ううん。違う、母さんの言うとおりだ。その人が何を考えているのか……知りたいんだと思う」

　さすがに、隠れて手コキやフェラ、さらにはパイズリまでしてもらったことは言っていない。信頼しているとはいえ、相手は母親なのだ。

　女性との性事情についてまで、赤裸々に話せるわけがなかった。

　単純な恋愛相談と思ったのか、「その気持ち、よくわかる」と言いたげな顔で、珠実が意味ありげに深くうなずく。

「そっかぁ。智ちゃんも、もうそういう歳なのね。だったら母さんも、智ちゃんの相談に身体を張って、真剣に答えてあげる」

「え？　身体を張るって……そ、そこまでしてくれなくてもいいよ」

「うふふっ。遠慮しなくてもいいのよ。母さんは智ちゃんのことが大好きだから……智ちゃんが自分の気持ちに素直になれる、おまじないをしてあげる」

「おまじないって………うわぁッ。か、母さんッ」

「駄目よ、智ちゃん。ここは病院なんだから……静かにしないと」

　病室で騒いではいけないということは、智己もよくわかっている。

　それでも声を出してしまったのは、突如として珠実が、穿いていたズボンを無理やり脱がそうとしてきたからだった。

「こ、こんな場所で急に……何考えてるんだよッ？　母さんッ」

「あら？　言ったでしょ。身体を張って真剣に答えてあげるって……まずは女性の身体に慣れることが先決よ。そうすれば何があったとしても、余裕をもって行動することができるでしょ」

「だからってこんな………え？　何をする気なの？」

「ふふっ。母さんに任せて。どんな女性が相手でも対等に接することができる勇気を……大好きな智ちゃんに、プレゼントしてあげる」

母親としての笑顔を浮かべながら、珠実が着ている服を捲り上げる。

それによって、女の魅力を宿した乳房が智己の眼前へと現れる。

綾奈よりも大きくて、綾奈と比べると少し形の違う乳房がプルンと揺れる。頭では母親の胸だと思っているのに、男としての本能が、敏感にその魅力に反応してしまった。

「あら？　智ちゃんってば、もうこんなに大きくしちゃって……どうやら母さんが知らない間に、立派な男の子に成長したみたいね」

「か、母さん……」

ズボンを脱がされ、母親にペニスをじっくりと観察されている。

穴があったら入りたいと思うほど恥ずかしいが、怪我をしているため、満足に抵抗することができなかった。

「それじゃあ智ちゃん。気持ちを楽にして……あとのことは、母さんに任せてね」

天使のように優しい珠実の笑顔を見ていると、急激な早さで抵抗感がなくなっていった。下手なことを言って、母さんを悲しませたくない。

そんな気持ちも手伝い、最終的に智己は母である珠美に身を委ね、すべてを任せることにしたのだった。

赤ん坊に戻ったような気持ちで、目の前の乳房を見つめる。といっても、赤ん坊の頃の記憶があるというわけではない。

身体に染み込んだ本能的な記憶が、そのときの気持ちを甦らせる。優しく身体を抱き抱える母親。目の前で揺れる柔らかな乳房。

現在の智己は、まるで母乳を吸う赤ちゃんのような恰好で、母である珠実に優しく頭部を抱えられていた。

目の前で揺れている乳房は、母である珠実のものだ。

頭では興奮してはいけないと思っているのだが、これほどまでに魅惑的な物体を前に、冷静さを保てるわけがなかった。

(うぅ……か、母さんのオッパイ、綾奈さんよりも大きい…………って、何を考えてるんだッ、僕はッ。綾奈さんと母さんのオッパイを比べるなんて……うぅ)

母親に対して情けなくて申し訳ない気分になるが、股間のモノは智己の意思に反し、元気いっぱいだった。

ガッツリと勃起したペニスが、刺激を求めてピクピクと震えている。

元気いっぱいな息子の分身を前に、珠実は嬉しそうに微笑んでいた。

「智ちゃんのオチンチン、とっても腫れちゃってるわ……かわいそう」

かわいそうと言いつつも微笑む姿は、母とは思えないほど色っぽかった。

「どう？　智ちゃん。痛くない？　これくらい強くギュッってしても、大丈夫？」

そう言って珠実の細い指が、勃起した肉棒に絡みついてくる。

「駄目……うぐぐ、駄目だってば、母さん……」

「駄目？　これくらいだとオチンチン痛い？　苦しい？」

「そ、そうじゃなくて……」

天然なのか、計算なのか。

珠実はペニスを握る手を離すことなく、智己の反応を窺いながら、相手を気持ち良くするための絶妙な力加減を探していた。

（こんなこと、やめないといけないのに……綾奈さんならともかく、母さんを相手に、こんな気持ちになったら駄目なのに……）

母親が自分の勃起ペニスを握っている。

強烈な罪悪感が込み上げてくるが、股間を貫く快感によってすぐに中和されてしまう。

相反する感情の狭間で、智己の気持ちが揺れ動く。

そんな息子の姿を心配しているのだろう。

笑顔を向ける珠実の姿は、性的な奉仕を行う女ではなく、不安を和《やわ》らげてあげようとする母親のものだった。

「心配しないで、智ちゃん。何も怖いことはないのよ。母さんを信じて……母さんに全部任せて……智ちゃんは、何も考えなくていいの」

母親の言葉には、ほかの女性にはない不思議な魔力がある。

優しい言葉に、ペニスを包む柔らかな感触が加わったことで、智己の気持ちは、自分でも驚くほど穏やかなものへと変わっていった。

「ほら、力を抜いて……オチンチンにだけ、意識を向けなさい。これから母さんが、智ちゃんのオチンチンをナデナデしてあげるから。痛かったら、ちゃんと言うのよ」

息子の肉棒を握り締めたまま、珠実の手がゆっくりと上下に動く。

快感が拡がることで、母親に興奮しているという罪悪感が薄れていった。

(母さんの手……凄く優しくて、温かい。何だろう、この気持ち……胸のなかにあった不安な感情を、母さんの手が、全部消していってるみたいだ)

母親の腕のなかで、何も心配することなく穏やかな夢を見ている。

いまの心情を簡単に表すと、そんな感じだった。

「どう？　智ちゃん……オチンチン気持ちいい？」

　質問されたことで、夢見心地だった気分が少しだけ冷める。しかしそれによって、今度は股間を襲う快感を、敏感に感じ取れるようになった。

「うく……そ、それは……うぅ、うぅぅぅぅッ」

　甘くて刺激的な快感が肉棒のなかを奔《はし》る。

　智己は我慢することができず、反射的に何度か小さく、腰を跳ねさせてしまった。

「ちゃんと答えてくれないとわからないわよ、智ちゃん……ねえ、どうなの？　それとも、もう少し強くしたほうがいいのかしら？　こんなふうに……」

　珠実の手の動きが速くなる。

　当然の理屈として、それに比例して智己を襲う快感の強さが増していった。

「うく、うあぁぁッ……」

「んッ、ゴクッ……と、智ちゃんってば、そんなふうに切なそうな顔して……ハァ」

　自分がいま、母親に見せてはいけない顔をしているということはわかっている。わかっていてもなお、淫らに歪んだ顔を元に戻すことができない。

「そんな顔されたら……母さんも、夢中になっちゃいそう……ゴクッ」

　母さんも興奮している？

　その事実を意識したことで、消えかけていた罪悪感が甦ってくる。

「か、母さん……やっぱり親子でこんなことするなんて……あ、あうッ、うぅぅッ」

身体の芯に響く快感が、言いたかったセリフを吹き飛ばしていく。

「智ちゃんは真面目で良い子ね。でも、そんなふうに気にしなくてもいいのよ」

「そ、そんなこと……無理だよ。ハァ、ハァ……」

「だってこれは、いやらしいことじゃないもの。可愛い息子の辛い気持ちを、癒してあげてるだけよ。昔、智ちゃんがお腹が痛いって泣いてたとき、母さんずっと、智ちゃんのお腹をさすってあげたでしょう？　それと同じよ。だから安心して、智ちゃん。これはいけないことじゃないの……ほら、智ちゃん。頭を空っぽにして……オチンチンが気持ち良くなることだけを、考えて……」

珠実の言葉が嘘だということはわかっていた。勃起したペニスを扱《しご》いてもらうという行為は、絶対にいやらしいものだ。

全部わかっている。だが、抵抗することができない。

母親が与えてくれる背徳の快感を、智己は確実に、受け入れ始めていた。

「か、母さん……」

快楽によって気持ちが緩んできたことで、目の前で揺れる物体が、これまで以上に魅力的なものに見えてきた。

息子ではなく男として——珠実の乳房を触ってみたい。

「そんな顔して……わかってるわよ、智ちゃん。母さんのオッパイに、触りたいのね」

顔が真っ赤になるほど恥ずかしかった。しかし湧き上がる好奇心に勝てず、智己はゆっくりと首を縦に振ってしまう。

「だったら智ちゃん、母さんのオッパイを吸ってみる？　そうすれば気持ちも紛れて、智ちゃんのオチンチン、もっともっと気持ち良くなるかもしれないわよ」

珠実の身体が前に傾き、智己の口元に赤く充血した乳首を近づけてくる。

「そんな……こ、この歳で母さんのオッパイを吸うなんて……」

当然の反応として、拒絶の言葉を返す。すると珠実が、怒ったかのように唇を尖らせた。

「何言ってるの。いくつになっても智ちゃんは母さんの可愛い息子よ。息子が母親の胸を吸うことの、どこが変なの？　おかしいって言う人のほうが、どうかしてるわ」

言い終わると珠実は指先を使い、ペニスの先端をグリグリと弄《いじ》ってきた。

どんなに力説したところで、それが常識からかけ離れているという事実が変わることはない。しかしいまの智己には、反論するだけの気力も理性も、残されていなかった。

唇の前に差し出された乳首に、抗えない魅力を感じてしまう。

この乳首をしゃぶることができるのであれば、多少の矛盾や常識など、すべてどうでもいいことのように思えた。

「ほら、智ちゃん。母さんのオッパイ、吸ってみて……ふぅ、ふぅ……何も難しいことはないわ。口であむってすればいいだけだから……できるでしょう？」

「う、うん……」

赤ん坊に戻ったような気分で、目の前の乳首を口に含む。

幸福感と満足感が胸いっぱいに拡がる。それらの感情は快感を引き立てるためのスパイスとなり、智己の身体全体を熱くしていった。

「んッ……」

珠実の口から甘い声がこぼれ、肉棒を弄っていた指が一瞬だけ止まる。

「んんん……それでいいのよ、智ちゃん……安心するでしょう？」

とてつもない安堵感が身体を包み、甘美な快感によって全身の力が抜けていく。しかしその一方で、股間の分身だけは鉄のように硬くなっていた。

「どう？　智ちゃんがしたいのであれば……もっと母さんのオッパイに、色々なことしてもいいのよ？　吸ったり舐めたりしても……んんッ……す、少しくらいだったら、噛んだりしてもいいのよ……ふぅ、ふぅ、ふぅ……」

甘い吐息を発しながら、珠実が自らの柔らかな乳房を、智己の顔面へと押しつけてくる。

少しだけ感じた息苦しさも、すぐに甘い多幸感へと変わっていく。

智己は欲望に従い、好き勝手に母である珠実の乳首をイジメることにした。

「あッ、あああッ……ハァ、ハァ。いいのよ、智ちゃん。吸って……オッパイ吸って……

お母さんのオッパイは智ちゃんのものだから……あうッ、んんんんッ」

　珠実の身体が小さく跳ね、口に含んだ乳首が硬くしこっていく。それに合わせ、口からこぼれ落ちる声がどんどん甘くなっていく。

　我慢できずに母親が見せてしまったメスとしての顔が、智己の興奮を激しく煽る。

「あッ、あああッ、あくぅッ……そんなに夢中になって……ふぅふぅ、母さんのオッパイが、よっぽど恋しかったの……もっと早く、こうしてあげれば良かったわ。あッ……ごめんね、智ちゃん、母さん気がつかなくて……ハァ……あんッ」

　快楽に負けじと優しく微笑み、珠実が止まっていた手コキを再開する。

　あくまでも母として振舞うその姿に、智己は奇妙な安心感を抱いてしまった。

「ハァ、ハァ、ハァ……ああ、智ちゃん……智ちゃんのオチンチン、とっても膨らんでる

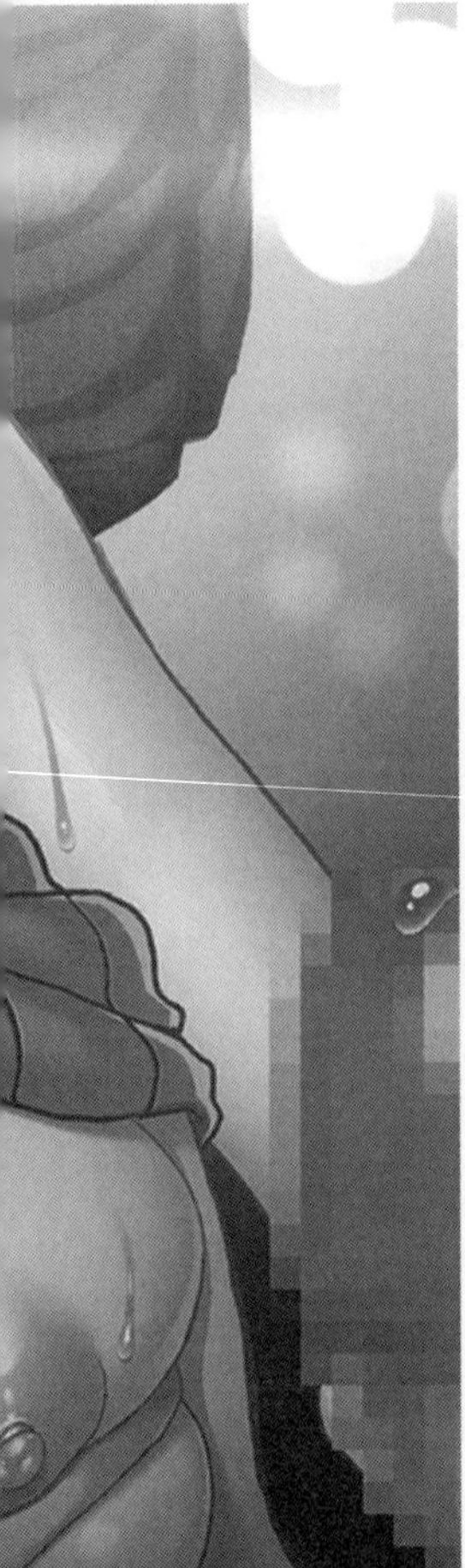

わ。このなかに、ドロドロのミルクがいっぱい溜まっちゃってるのね……ふぅ、ふぅ」

肉棒を握る力が増し、胴体を扱く珠実の動きが滑らかになっていく。

どうやら珠実は、完全に要領を掴んだようだ。

凄まじい勢いで快感が増していき、頭のなかが射精のことで埋め尽くされていく。

「ねぇ、智ちゃん……智ちゃんが元気に射精するところ、母さんに見せてくれる？　母さん、大人になった智ちゃんのオチンチンがビューッて格好良く射精するところを、近くで見てみたいの。ねぇ、いいでしょう？」

「そ、それは……うぅッ、ぐぐぐ……」

「あら、どうしたの？　智ちゃんってば、ミルクが出そうなのを我慢してるの？　ふふっ、大丈夫よ。恥ずかしがる必要なんてないわ。オチンチンが気持ち良くなって射精するのは、とっても自然なことなんだから」

自分自身が発したセリフを肯定するかのように、珠実の動きが激しく淫らになっていく。

どれだけ強い気持ちを持ってそれを拒んだところで、もはや身体のほうが限界だった。

「ハァ、ハァ……母さんッ。母さん……んッ。んんッ……」

「ハァ、ハァ、ハァ……智ちゃん、もう限界？　白いオシッコ、我慢できない？　だったらもう、ビュービューしちゃう？　ネバネバオシッコ、お漏らししちゃう？」

「う、うん……」

「うふふっ……それじゃあ、イかせてあげるわね、智ちゃん」

一心不乱に、珠実がペニスを扱き上げてくる。

甘くて強烈な電流が身体中を駆け抜けていく。智己は背中を反らし、大切な母親の身体に向かって、ドロドロの白濁液を撃ち出していった。

「あああッ、す、凄い、凄いわ……んんッ、何て勢い……あッ、ハァ……あんなに遠くまで飛んで……とってもわんぱくなオチンチンね……んッ、ゴクッ」

元気よく飛び出していった精液が珠実の身体にかかり、豊満な肉体を淫らに穢していく。

珠実は降りそそぐ精液から逃げることなく、愛する息子に穢される感覚を、全身で堪能しているようだった。

「この匂い……智ちゃんのザーメンの匂い……んッ、んんんッ……あ、頭のなかが、痺れちゃうわ。うふふっ」

精液を身体に浴びながらも優しく微笑む母の顔を見ながら、智己は快楽が伴う甘い疲労感に身を委ねるのであった。

◇◇◇

「はい。これで母さんからの励ましはお終い。あとは智ちゃん自身が、自分でどうするか決めないと駄目よ」

励ましという名の濃厚な性的奉仕が終わったあと。

身支度を終えた珠実が、母親らしい穏やかな笑みを浮かべながらそう言った。

「励ましって言われても……あれは……」

行為中こそ夢中になっていたが、終わってしまえば、恥ずかしいという感情しか湧き上がってこない。

母親に気になっている女性のことを相談した結果、オッパイを吸いながら手コキをしてもらうことになったのだ。

まともな青少年であれば、誰だって恥ずかしいと思うに決まっている。

「あら？　そう？　母さんとしては、これ以上の方法はないと思って、智ちゃんにああいうことをしてあげたんだけど」

「そうだとしても、親子でああいうことは……さすがに、ちょっと……」

「ふふっ。親子だってことは関係ないわ。大切なことは、自分の気持ちに素直になれるかっていうことよ」

「自分の気持ちに、素直に……」

優しく言葉を紡ぐ珠実の姿は、智己が大好きな母親のものだった。

「そうよ。あくまでも母さんの勘だけど……智ちゃんはもう、自分が何をすべきか気づいているはずよ。なのに気づいてないふりをしてるのは……智ちゃんに、それを認める勇気がないからよ」

「僕の……勇気」

「そう。智ちゃんが望んだ答えが返ってこない。もしくは知ってしまった真実が、智ちゃんが理想としていたものとは違う。そういうのが怖いから……智ちゃんは何もわからないふりをして、自分を誤魔化しているのよ」

　その言葉は、まるで鋭い刃物のように、何の抵抗もなく智己の胸に突き刺さった。

　綾奈の真実を知りたいと思っている。だが、その真実が智己の理想どおりだという保証はどこにもない。むしろのその逆、智己にとっての最悪が、綾奈の真実だという可能性は充分にある。

　頭のどこかで、智己はそれに気づいていた。気づいていたからこそ、わからないふりをして、上手く自分を誤魔化そうとしていたのだ。

　珠実に指摘されたことで、智己ははっきりとそれを自覚した。

「そう……かもしれない。ううん。母さんの言うとおりだ。僕は、あの人の返事が怖くて逃げまわってるだけなんだ。だから、いつまでもウジウジと悩むだけで、何の行動も起こそうとしなくて……」

「そんなふうに卑下しなくてもいいのよ。誰だって、拒絶されるのは怖いことなんだから。

でもね、智ちゃん。あとになって悔やむくらいなら……母さん、絶対に行動したほうがいいと思うわ。今回の入院で、智ちゃん自身よくわかったと思うけど……人の運命なんてものは、誰にもわからないの。突然の事故で入院することがあれば……もっと、悲しい結末を迎えることもあるわ。そうなってしまったとき……どれだけ後悔しても……時間を戻すことは絶対にできないから……」

優しく微笑みかけてくる珠実の顔に、ほんの少しだけ影が落ちる。

息子である智己には、その理由がすぐにわかった。

「あのとき、あの人に……ああ言っておけば良かった。あんなことをしてあげれば良かった。どれだけ強く願ったところで、絶対に叶わない願いっていうものはあるの。母さん、智ちゃんにそういう後悔はしてほしくないから……」

母である珠実の最も大切な人。智己の父親はレスキュー隊員だった。仕事とはいえ、人を助けるために何度も危険な場所へと向かい……そしてある日突然、帰らぬ人となった。

愛する人を失った珠実の哀しみと絶望、そして後悔は、智己にも容易に想像できる。

だからこそ、その言葉は大切な人がプレゼントしてくれた助言として、智己の胸に深く突き刺さったのだった。

「母さん……ありがとう。僕、何が大切なのか……なんとなくだけど、わかったような気がするよ」

「そう。良かったわね、智ちゃん。それでこそ、母さんも身体を張ったかいがあるわ」

「うん。でも……ああいう身体の張り方は、やっぱり間違ってるような気が……」

「それについては、男の子なんだから気にしたら駄目よ。それに母さんも、懐かしい顔を見ちゃったせいで、昔の血が騒いじゃったというか……」

「え？」

「ううん。何でもないから気にしないで。それより、これからどうすればいいか……いまの智ちゃんなら、もうわかるはずよね」

「うん。母さんがくれたアドバイスどおり……後悔しないように、やるだけやってみるよ」

「その意気よ。智ちゃん」

母親が与えてくれた愛情によって、智己はこれまで直視できなかった現実と向き合うだけの勇気を手に入れることができた。

たとえ、綾奈の真実がどんなものだったとしても——。

胸に抱いたこの想いが変わることはない。

（もう逃げない。僕は綾奈さんに、やっと気づいたこの気持ちを……）

するべきことはわかっていた。

あとはそれを、実行に移すだけだった。

仕事の都合で珠実が帰ってから数時間後。

智己は綾奈を探し、病院内を歩き回っていた。

夕日が差し込む時間帯。ここまで待っていたのは、この時間のほうが綾奈と落ち着いて話ができると思ったからだ。

のんきに病室のベッドで寝ていればいい智己と違い、綾奈はナースとして業務に励まなくてはいけない。可能な限り、綾奈には迷惑をかけたくないということで、智己はこの時間帯を選んだのだった。

(といっても、僕も綾奈さんのスケジュールを知ってるってわけじゃないから……)

綾奈がいそうな場所を求めて彷徨《さまよ》い歩く。

やがてたどり着いたのは、「ある人物」が入院している病棟であった。

(ここも綾奈さんの担当なんだよな。だとしたら、ここにいてもおかしくはないけど……)

できれば、ここにはいないでほしいという想いがあった。

なぜなら、この病棟に入院している「ある人物」というのは――。

「肥田さんの病室……ドアが少しだけ、空いてる?」

そう。ここは厄介な入院患者である、政治家の肥田が入院している病棟であった。

素早く通り抜けたい場所だが、綾奈がいる可能性がある以上、無視することはできない。

「ううっ……うおぉぉぉっ……」

小さく開いたドアの向こう側から、動物のようなうめき声が聞こえる。

それが肥田の声だということはすぐにわかった。問題は、病人である肥田が、どうしてそんな声を上げているのかということだ。

（もしかして肥田さん、体調が悪いのかな？　病室のなかだから、ナースコールを押せばすぐにナースさんが来てくれそうなものだけど……）

急激に体調が悪化し、うめき声を上げることしかできないという可能性もある。

綾奈がセクハラを受けていた光景が頭に浮かび、嫌な気分になるが、命にかかわる事態であれば無視するわけにもいかない。

まずは室内の状況を確認しようと、智己はわずかに開いているドアに、ゆっくりと顔を近づけてみた。

（あッ、あれはッ……）

視界に飛び込んできた光景は、智己の想像を遥かに超えるものだった。

「ハァ、ハァ、ハァ……うぅっ、も、もっと……もっと激しくしてくれッ」

「ふふっ。足で触ってあげてるだけなのに、もうこんなにして……まだ始めたばかりなのに、興奮し過ぎじゃありませんか？」

病室の主である肥田が、両脚を大きく開きベッドの上に寝転がっている。

その足の間にナース服を着たひとりの女性が腰を下ろし、ストッキングを穿いた長くて妖艶な足を、肥田の股間に向かって伸ばしていた。

その爪先は、露わになった肥田のペニスをクニクニと弄りまわしており、簡潔にいうと、足コキと呼ばれる行為の真っ最中であった。

(こんな時間に、病院内であんなことをしてるなんて………って、それについては僕も人のことは言えないか。それより、肥田さんの相手をしている、あのナースさんは……)

最初は綾奈だと思った。だが着ているナース服の色と髪型、言葉遣いなどからすぐに別人だということがわかった。

「では誰が?」と思い、注意深く観察してみる。

肥田に奉仕を行っている相手は、智己にとって完全に予想外な人物だった。

(あれは……ナース長の、黒崎志鶴さん。そんなッ、真面目で規則に厳しそうなあの人が、肥田さんとそんな関係だったなんて……)

綺麗にまとめた黒髪と眼鏡。口元のほくろと上品な立ち振る舞い。

数えるほどしか接していないが、特徴的なあのキャラクターを見間違えるわけがない。

肥田に足コキをしているナースの正体は、間違いなくナース長である黒崎志鶴だった。

「うぅぅ……な、何ということだ。私ともあろう者が、足だけで……うぉッ」

「もうっ、大の大人がそんな情けない声を上げて……クスっ。恥ずかしいとは、思わないんですか？」

途惑いながらも快感を受け入れている肥田に対し、志鶴が見下すような冷笑を向ける。

「本当に浅ましくて情けない姿ですね。とても、お偉い議員の先生とは思えませんわ」

「くぅぅっ……い、言わせておけば」

「あら、お気に障りましたか？　それは申し訳ありません」

肥田がかすかに怒りの表情を浮かべるが、志鶴が意に介することはない。支配者としての余裕を漂わせながら、志鶴が遊ぶように、ペニスの先端を足で撫でまわす。

「ぐひぃぃぃ……」

肥田の腰が浮き、獣のような声が室内にこだました。

「まあ……汚い悲鳴。まるで豚みたいですね」

「ぐッ……ぶ、ぶ、豚だとッ？　この私が……国権の最高機関の一員たる、この私が……はひ、はひ、はひぃッ」

「クスクスっ。重ね重ね申し訳ありません。つい本音が出てしまって……これで機嫌を直してくださいね、肥田先生……うふふふっ」

足の角度が変わり、「撫でる」から「踏む」へと行為の質が変わる。

ペニスを蹂躙しているということでいえば、どちらも同じ行為に見えるが、相手が受ける快感にはかなりの違いがあるようだ。

「むおぉぉぉぉ……こ、これは、たまらんッ」

怒りや途惑いといった感情など忘れてしまったかのように、肥田が無様な笑みを浮かべ愉悦の声を上げる。

それは志鶴にとって予想どおりの反応だったのだろう。

蔑むような冷笑に艶が混じり、志鶴の足遣いが激しくなっていく。

そこに途惑いや遠慮といった後ろ向きの感情はない。志鶴は心の底から、この行為を愉しんでいるようだった。

「あらあら、足が先生の臭くて汚い汁でヌルヌルになってしまいました。その歳でお漏らしなんかして、本当に恥を知らない人なんですね」

白衣の天使ならぬ、白衣の悪魔といった笑みを浮かべながら、志鶴の足がギンギンに硬くなった肉棒をグニグニと刺激する。

言葉で一度相手を攻撃しておいてから、ご褒美のようにペニスに快感を与える。

綾奈を相手に経験したことなので、それがどれほど気持ちいいことか、智己にもすぐに想像することができた。

「うおぉぉぉ……志鶴くんの足遣いは最高だッ……ぐぅぅ、クセになるッ」

威圧的だった態度が完全に鳴りを潜め、無様といえるほど露骨に、肥田が志鶴のことを褒め始める。

　ふたりの間の主従関係が、確定した瞬間だった。

「ハァ……まったく、何が癖になるです。肥田先生は変態なんですか？　だいたい、私にこんなことをさせておきながら、まだほかのナースに手を出そうとするなんて……そんな悪いペニスにはお仕置きですね。たっぷりと反省していただきますよ」

　志鶴の足指が大きく開き、ストッキング越しに肥田のペニスをガッチリと挟み込む。

　指で摘まむような状態のまま、志鶴が足を上下に動かす。

　さすがに、手に比べたら物足りないだろうが、背徳感がプラスされたその快感は、肥田にとって充分過ぎるものだったようだ。

「ぐひぃいいいぃ……な、な、何だこれはッ……ハァハァハァ……た、たまらんッ。チンポが……チンポが破裂しそうだッ」

　躊躇なく声を上げる肥田の姿は、ウブな男子を通り越し、もはや動物のようであった。

「豚の次はトドか何かですか？　本当に汚らしい声ですね。呆れてしまいます」

　淡々とした態度で志鶴が言葉を紡ぐ。しかしその顔には、隠しきれない発情熱が浮かび始めていた。

「はひ、はひ、はひぃ……もう限界だ……頼む。足だけじゃなくて、マンコをッ……志鶴くんのマンコを……頼むッ。ハメさせてくれぇぇぇッ」

切羽詰まった肥田の哀願を、志鶴が一笑する。

「何を言ってるんですか？　本当に反省が足りないみたいですね。先生が行ったイタズラの後始末をするために、私がどれだけ苦労しているか？　本当にわかってるんですか？」

「うぐっ……わ、わかっているぞ。おほぉッ……志鶴くんがいるから、私もハメを外すことができるんだ……うぅぅっ。それは、充分に理解しているともッ」

智己でなくても、聞き逃すことができないやり取りだった。

（志鶴さんが後始末をしてる？　それってどういうことだ？　もしかして志鶴さんは……この病院で働いてるナースさんたちじゃなくて……肥田さんの、味方なんじゃ……）

「そんな馬鹿な」という言葉が頭を過ぎる。

ナース長という立場の人間が、護るべき部下たちを生贄にして権力者に媚びるなど、絶対にあってはならない。

厳格で冷淡だが、真面目で有能といったイメージの志鶴が、裏でそんなことをしていたなんて想像もできない。こんな話を誰かにしたところで、誰も信じてくれないはずだ。

しかしこのふたりのやり取り、それに加え、隠れてこんなことをしていることから察するに——智己の想像は、真実で間違いなさそうだった。

「いいえ、わかっていません。ナース長だからって、何もかも揉み消せるというわけではないんですからね。私だって色々と危ない橋を渡ってるんですから、肥田先生からもそれなりの見返りを頂かないと……ふふふふっ」

行為に夢中で、まわりのことなど頭の片隅にも入っていないのだろう。

プレイの一環と言わんばかりに真実をぶつけ、志鶴が肥田をサディスティックに追い込んでいく。当然、智己がそばにいることには、まったく気づいていない。

「わかってる、わかってるともッ。だからセックスさせてくれッ。これまでだって志鶴くんのために、院長に色々と口利きをしてやったじゃないかッ」

「ふんッ。汚職がバレそうになって入院しているというのに、随分と大きな口を叩かれるんですね。先生には、本当にまだそんなお力があるんですか？ 私、いささか心配なんですけど」

「だ、大丈夫だッ。あれくらいのスキャンダル、馬鹿な国民どもはすぐ忘れるッ。どうせマスコミもみんな我が党のいいなりなんだッ。金さえ握らせれば、何とでもなるッ」

「そうまで仰《おっしゃ》るのであれば、信じてあげてもいいんですけど……ふふっ。それにしても肥田先生の顔、本当に無様ですね。そんな顔して、私のようなナースに懇願するなんて……そんなにココに、ペニスを突っ込みたいんですか？」

一時的に足をペニスから放し、志鶴が穿いていたショーツを脱ぎ捨てる。淫靡な割れ目が露わになるが、志鶴が照れることはなかった。

再び足を肥田のペニスに添えると、自らの股間へと指を伸ばし、ピンク色の淫裂を挑発的に指でくぱぁっと左右に拡げて見せた。

「あはぁ……見せてあげただけで、ペニスがビクビクって震えて……本当に、セックスをしたくて仕方がないんですね。このガチガチのチンポで、私のマンコ穴を味わいたくて仕方がないという感じですね……ふふっ。うふふふふっ」

指で開いた志鶴の割れ目が、光を反射してキラリと光る。

遠目とはいえ、初めて生で見る発情した女性器。そんなつもりで覗いているわけではないと、強く自分に言い聞かせたところで、智己は興奮を抑えることができなかった。

「も、もう我慢できんぞッ。ここに……志鶴くんのこのドスケベな穴に、いますぐチンコを突っ込んでやるッ」

「あらあら。でしたらそんなふうにならないうちに……この臭くて汚いオチンポを、やっつけ

ておかないと」

「な、何……うひッ、うひ、うひ、ぐひッ、ぐひぃぃぃぃぃぃぃぃぃ」

反撃もつかの間。無様に哭《な》いたかと思うと、肥田は志鶴の足コキにより、驚くほどあっさりとイキ果ててしまった。

「肥田先生の早漏チンポにしては、けっこう持ったほうじゃないですか。こんなにザーメンを無駄撃ちして……本っ当に無様なチンポですね。この臭くてドロドロしたのを、私のヴァギナに注ぎ込むはずだったのに……うふふふっ。残念でした」

「うぅぅ……ク、ク、クソぉッ」

「オマンコはまだまだお預けですけど、足で良ければまたしてあげますよ。うふふふっ」

行為が終わったことで、散漫だったふたりの注意力が元に戻るはずだ。

ふたりに気づかれたら元も子もない。

智己は息を潜め、ゆっくりとこの場を立ち去ることにした。

◇◇◇

数十分後。

智己は人目を避けるように、屋上庭園へとやってきていた。

（まさか志鶴さんが、あんな人だったなんて……厳しいけど仕事には真面目な人だって、ずっと思ってたのに……）

どれだけ切実に訴えても、肥田によるナースたちへのセクハラがなくならない理由が、やっとわかった。問題を処理する立場にあるはずの志鶴が、加害者である肥田と裏でべったりと繋がっていたのだ。

ふたりがそういう関係である限り、肥田に関する問題がなくなるということはないだろう。いや、場合によっては、問題になる前に揉み消されるということもあるはずだ。

（このままじゃ駄目だ。だけど、ただの入院患者でしかない僕にできることなんて……）

綾奈はこのことを知っているのだろうか？

考えると、無性に綾奈に会いたくなってきた。

先日と同じ場所、同じ時間帯。待ち合わせの約束をしたわけではないが、ここにいれば、綾奈に会えるような気がした。

その予感は、数十分後に現実のものとなった。

夕日が落ち、暗くなり始めた屋上庭園。

電灯の明かりに照らされながら、智己の待ち人である綾奈がやってきた。

「あれ？　誰かと思えば、智己くんじゃん。今日もリハビリのために散歩してるの？　こうやって毎日真面目に努力して、みんなが待ってる文化祭に一日でも早く戻ろうとしてるなんて……智己くんってば本当に真面目だね。お姉さん、感心しちゃうよ」

明るくて軽いノリは、いつもの綾奈と同じだった。しかしその立ち姿には、どことなく影のようなものがあった。

注意深く観察しないとわからない。

出会ったあの日から、毎日のように綾奈のことを想っていた智己だからこそ気づくことができた、本当に些細な変化だった。

(綾奈さん……何だか、悩んでるみたいだな)

そう思った瞬間、胸のなかで熱い感情がはじけたような気がした。

「綾奈さんッ」

「うん？　どうしたの？　そんな難しい顔して……もしかして怒ってるの？」

「いえ、怒ってるわけじゃなくて……今日は綾奈さんに、聞きたいことがあるんです」

「ウチに聞きたいこと？　いいよ、何々？　何でも聞いて」

こちらの調子が狂うくらい、綾奈は普段の調子を崩そうとしない。

お世辞にもいい雰囲気だとは言い難いが、相手が綾奈であることを踏まえると、逆にこのほうがやりやすかった。

「綾奈さんは……僕のことをどう思ってるんですか？」

完全に予想外だったのだろう。

聞かれた綾奈が目を見開き、驚いたような表情を浮かべる。

「あ、あー、そっかぁ……そりゃまあ、そう思うよね……」

逃げるように、綾奈が視線を逸らす。指で頬をかきながら少しの時間考え込むと、綾奈は悪戯がバレた子供のような顔で、遠慮気味に答え始めた。

「ウチはまあ、その……えっと……キ、キミを見てるとね、可愛いから、つい、からかいたくなっちゃってさ……つまりは、そういうこと……そういうことなのッ。何か、いつも暴走しちゃってごめんね」

綾奈の答えを端的にまとめると――。

智己の反応が面白いから、からかっていただけで、特に深い意味があって「あんなこと」をしていたわけではない。

――ということになる。

淡い期待が落胆に変わり全身が鉛のように重くなるが、下を向くわけにはいかない。

最良の結果を求めているわけではない。

あとになって後悔しないために……。

智己は母親からもらったアドバイスを胸に、最もわかりやすい方法で、自分の想いを綾奈に伝えることにした。

「ぼ、僕は……僕のほうは、本気です。本気で綾奈さんのことが……大好きですッ」

動物のように素直に、綾奈が驚きの表情を浮かべる。

それはまるで、予想を遥かに超えた無茶をする子供を見たときのようだった。

「え？　え、ええっと、あの、智己くん……気持ちは嬉しいんだけどさ、その……」

何かの間違いだよね？

そう言いたげな顔だった。

「ごめん……ごめんね。いや……あんなことしたら、やっぱ普通は勘違いしちゃうよね。ごめん。マジでごめんね」

智己の告白を、綾奈は真剣に受け止めようとはしなかった。

ならば何度でも、この想いを伝えるだけだ。

答えなんてどうでもいい。とにかく綾奈に、この想いを知っていてほしい。

それだけが、智己の望みなのだから。

「違います、綾奈さん。ああいうことをしてくれたから、好きになったわけじゃないです」

「へっ？　違うの？」

「そうじゃなくて、その……綾奈さんは明るくて、優しくて、僕を……僕だけじゃなくて、みんなをいつも励ましていて……僕は、綾奈さんのそういうところを好きになったんです」

「智己くん、あの……ええっとね、ウチは――」

「だから、綾奈さんが悩んでいるのなら、今度は僕が綾奈さんの力になりたいんです。こういう気持ちになったのって初めてだから、本当はよくわかってないんですけど……でも、僕は綾奈さんのことが好きです。好きだから、こういう気持ちになるんだと思いますッ」

あとになって思い出したとき。

きっと、思い出すのも嫌になるくらい、真っ正直で青臭い告白をしたものだと、恥ずかしくて身悶えしてしまうことだろう。

それでもいまは、想いを言葉にできて良かったと思っている。

綾奈のことが本当に好きだからこそ——。

この想いから逃げ出さなくて良かったと、心の底から思うことができた。

「智己くん……」

困惑する綾奈を見たことで、自分の告白が暴走気味だったことに気づく。

目的は告白であって、綾奈を困らせることではない。

「あっ……ごめんなさい。突然こんなこと言われても、迷惑ですよね？　もしも迷惑だったら……いや、えっと、たぶん迷惑だと思ってるんでしょうけど……迷惑であれば、素直に諦めます。僕なんかが本当に力になれるかどうかなんて、実際はわからないですから。それに、綾奈さんが僕をからかってただけってこと……その、僕も薄々わかってましたから……だから僕としては、綾奈さんの迷惑にならないように……」

冷静さを取り戻したことで、嫌でもフラれたという事実を意識してしまう。

視線がうつむき、声量が落ち、わかりやすくテンションが下がっていく。

泣くことだけは絶対に避けるつもりだったが、何かきっかけがあれば、簡単に泣くことができそうだった。

（あぁ……わかっていたはずなのに、こんな気持ちになるなんて……僕は本当に、本気で、綾奈さんのことが好きだったんだなぁ）

未練がましく溢れ出る恋心を、何とかして抑えようとする智己だった。だが、突然の怒声により、そういった女々しい感情がすべて吹き飛ばされてしまった。

「あーッ、もうッ。本当にキミってば……まったくッ。どうしてそうなるのよッ」

怒声を発したのは綾奈だった。

無邪気、驚き、困惑、怒り。

綾奈らしく、この短時間でころころと表情が移り変わっていく。

「どうしてそこで引いちゃうのよッ。せっかくメッチャ男らしかったのにッ。そんな簡単に諦めるんじゃないってのッ。まだウチ、キミの告白にちゃんと返事してないっしょッ」

「え、ええっと。その、僕は……」

綾奈がなぜ怒っているのかわからず、智己はオロオロするしかなかった。

「ハァ～、もう、本当に天然なんだから……でもまあ、しゃあないか。キミってばマジで良い子だもんね。自分のワガママよりも、いつも人のことを優先しちゃう……そういうところ、マジで素敵だと思うよ」

すべての怒りを吐き出した綾奈が、スッキリした顔で歩み寄ってくる。

「ウチのほうがだいぶ年上なわけだし……ここはお姉さんのほうから、アクションを起こすことにしますか」

「あの、綾奈さん。さっきからいったい何の話をしてるんですか？」

「ふふっ、何の話もへったくれもないでしょ？　こういうことッ」

その一瞬で、あまりにも多くのことが起こり、智己はすべてを正確に理解することができなかった。

まずは、視界いっぱいに綾奈の顔がアップになった。

次に、柔らかくて温かな何かが、智己の頬を挟んで顔の位置を固定した。それから、甘くていい匂いが鼻をくすぐり、プルプルとした感触が智己の唇を塞いでしまった。

それは、時間にして一秒にも満たない出来事だった。

(僕……この感触……あれ？　綾奈さんが目の前にいて、僕の唇に何かが当たってるってことは……も、も、もしかして……いま僕、綾奈さんと、キスして……)

ウブな少年らしく、胸の奥から様々な感情が湧き上がってくる。

それらの感情を処理しきれなかった智己は、なぜか反射的に、息を止めてしまった。

「ん……んん……んんん…………ぷはぁッ……ハァ、ハァ、ハァ……」

やがて我慢が続かなくなり、綾奈から身体を離し、大きく息を吸い込む。

「えっ……智己くん。何で息止めてたの？」

「え、あ、いや……その……口が塞がってたから……」

「もしかして、キスすんの初めて？」

「は、はい」

「そっか……ふふっ、やった。ファーストキス奪っちゃった」

無邪気に喜ぶ綾奈が可愛過ぎて、思考能力ゼロで見惚れてしまう。

「そんじゃ、あらためてもう一回。緊張しなくていいから、今度は……冷静に、身体を楽にして、鼻でゆっくりと息してみて……」

思考停止状態の智己は綾奈の言葉に従い、静かに全身の力を抜いていく。

「んッ……んむ……んんッ。チュ……んんんッ……チュパ」

そして再び、唇が重なり合う。

綾奈の言葉に素直に従ったからだろう。二度目のキスを、息苦しいと思うことはない。

(綾奈さんの唇……凄く柔らかい。こんな素敵な人とキスができるなんて……これって、本当に現実なのかな？　もしかして、ただの夢なんじゃ……)

夢見心地の幸福感に包まれる反面、処理しきれない感情により、智己の頭は軽いパニック状態へと陥っていた。

お互いの存在を確かめ合うような、長くて甘い口づけが続く。

夢の終わりを告げるように、綾奈が唇を離す。

それによって、智己は軽い喪失感を覚えた。

「ハァ………ふふ、どう？　二回目のキスは。ちゃんと味わうことができた？」

「ええっと、その……は、はいっ。で、でも、綾奈さん……どうしてこんなことを？」

弟を励ます姉のような顔で、綾奈が微笑みかけてくる。

「そりゃもちろん、ウチがキミのこと好きだからだよ。決まってんじゃん」

「綾奈さんが、僕のことを……」

「そんな不思議がるようなことないっしょ。もっと自信持ちなって。キミってば凄くいい子だし、可愛い顔してるし……何より、正義感が強くて、間違ってることに堂々と立ち向かっていける勇気があって………だからウチ、キミのことが好きになっちゃったの。好きに、なっちゃってたんだよ」

「ッ………」

声が出せないほどの驚きだった。

確かに綾奈の性格上、好意がなければ「あんなこと」は絶対にしないだろうが、それでもこの瞬間まで、自分が好かれているなんて夢にも思ったことがなかった。

現在の状況が予想外過ぎて、喜びよりも動揺と困惑が勝ってしまう。

　そんな智己を見つめながら、綾奈が申し訳なさそうに言葉を続ける。

「ただ――ごめんね。ウチも自分の気持ちに、なかなか素直になれなくて……やっぱウチのほうが年上だし、色々あったとき、キミを使ってストレス発散したりして……キミの純粋な気持ちを、利用してるっていう感じがして……真剣に、好きだって言えなくなっちゃったんだよね」

「そんなこと、僕は全然気にしてません。むしろ、ストレス発散のお手伝いができて……」

　ストレスという言葉を聞いたことで、中年太りの肥田と、冷たい笑みを浮かべる志鶴の姿が頭に浮かんできた。

「綾奈さん。ストレスって、その――肥田さんにセクハラされてたことですか？」

「あれ？　知ってたの？　ウチもあのエロオ

ヤジにそういうことされてたって」

「はい。すみません。実はその……そういうところを、偶然見ちゃって……」

「あちゃー。そっか、見られてたんだ。それでもキミは、ウチのこと好きだって言ってくれるんだね。ありがと」

「いえ、そんな……それより、どうして拒まなかったんですか？　綾奈さんだったら、怒らないとしても、もう少し上手く受け流すことができたと思うんですけど？」

智己と同じ疑問を持つ人間は、この病院にも何人かいるはずだ。

そのなかでも綾奈のことを快く思っていない人間は、綾奈が権力者に媚びるために、黙ってセクハラを受け入れているのだと言っていたが、その真相は定かではない。

答えを知ることが怖くないと言えば嘘になる。

それでも──智己は綾奈のすべてを知りたいと思った。

「ああ、あれ？　あれはね──」

胸が高鳴る。

綾奈は、何でもないことのように言った。

「ああやって身体を触らせておけば、あのエロオヤジがほかのナースには手を出さないいんじゃないかって思ってたんだ。ウチはこういうガサツな女だし、少しくらい触られたって何ともないって、そう考えてたんだけど──あんな最低な奴が相手でも、しつこく触られてると何か身体がムズムズしちゃってさ。そういう自分がマジで嫌で……それでウチ、ストレスをキミにぶつけてたんだ。色々とやらしいことして……本当、最低だよね」

「そんなことないですッ……綾奈さんは、最低なんかじゃないですッ」

胸のなかで想いがはじける。

ひとりの男として、綾奈のことを守ってあげたいと強く思った。

「綾奈さんはほかのナースさんたちの、盾になろうとしてたんじゃないですか。僕なんかが綾奈さんの役に立てるんだったら、こんな嬉しいことはないです。だから、その……僕で良ければいくらでもストレスをぶつけてくださいッ。僕も、綾奈さんとあいうことをするのは、嫌じゃないっていうか……あの……」

『もっと遠慮なく、僕にエッチなことをしてください』

要約すると、そういうことを言っているのだということに気づき、途端に恥ずかしくなってきた。

間抜けな告白をした恥ずかしさで、綾奈の顔を直視できなくなる。

そんな智己に、再び綾奈が顔を寄せてきた。

「ありがと、智己くん。キミって本当にいい人だね。それじゃあさ……また、ストレスをぶつけさせてもらうね」

今度のキスは、智己が知っているキスではなかった。

「ンチュ……んんッ、んッ……チュ……チュパッ」

綾奈の舌が唇をこじ開け、口のなかへと入ってくる。

挿し込まれてすぐ、綾奈の舌が歯に当たるが、その程度のことで動きが止まるということはない。口内の形状に合わせ、臨機応変に動きを変え、余すことなく智己のなかを舐めまわしてくる。

舌と舌が絡み合う。強烈過ぎる快感に、股間の奥が熱くなる。

粘膜が混じり合い、刺すような快感が身体の奥を甘く貫いていく。

緊張していない状態で行った、さっきのキスも充分気持ち良かった。

だがこれは、そんなさっきのキスとは、まったくの別物だった。

甘くて心地良いではなく、淫らで濃厚な口づけ。

綾奈が送り込んできた唾液によって、意識と思考だけではなく、身体中の骨がドロドロに溶けてしまったような気がした。

「ふぅ、ふぅ、ふぅ、ふぅ……智己、くん……クチュッ、チュパ……チュッ」

「綾奈……さん……んんッ。チュッ。チュパッ……ジュルッ」

名前を呼ばれたことで緊張が緩む。

緊張が解けた智己は好奇心に従い、綾奈と同じように舌を動かしてみることにした。

「チュ、チュッ、ンチュ、チュッチュ……んむ……ハァ……気持ちいいね、智己くん」

「はい……気持ち、いいです……」

言われて気づく。

愛情を確かめ合うために、自分たちはいま、お互いを愛撫し合っているのだと。

「智己くん……チュパッ、ジュルッ……レロ……チュ、ジュパッ……んんんんん……」

時間が経つことでキスが濃厚になり、全身に行き渡っていく快感が濃密になっていく。

（キスだけで、こんなに気持ちいいなんて……これってまだ、セックスの準備段階であって、セックスじゃないんだよな？　もしもこれで、綾奈さんとセックスをするなんてことになったら……僕の身体は……）

想像だけで射精できそうなくらい、股間がギンギンに硬くなってきた。

股間が硬くなったことで、自然と体勢が前屈みになってしまう。そんな智己の異変に気づいた綾奈が、艶っぽく瞳を潤ませながら唇を離していく。

「ぷはッ……智己くん、オチンチンおっきくなってるね」

「す……すみません……こんなときに……」

「謝ることなんてないって。すっごく嬉しいよ。大好きな男の子が、ウチのキスで勃起してくれるなんて、嬉しくないわけないじゃん」

綾奈が身体を密着させ、太ももを使って股間を圧迫してくる。

「あ、綾奈さんッ……そんなふうに、刺激されたら……」

手コキ、フェラチオ、パイズリ。

それらの経験がなければ、たぶんここで達していただろう。

「ねえ、智己くん……このまま、もっとキミにストレスぶつけちゃってもいいかな？　わかりやすくはっきり言うとね……キミの初体験、もらってもいい？　人生初めてのセックス……ウチと、しない？」

その声音とセリフだけで、数回は射精できそうだった。

ギリギリのところで我慢しながら、ゆっくりと首を縦に振る。

主導権を握っている綾奈に導かれ、智己は近くのベンチに腰を下ろすのだった。

「初めてがこんな場所でごめんね。できることなら、お互いの部屋かホテルが良かったんだけど……智己くんは入院中で、ウチも、もう……我慢なんて、できないから……」

「僕だったら大丈夫です。綾奈さんとできるのであれば、どんな場所でも……」

「ふふっ。嬉しいこと言ってくれるじゃん。それじゃあ遠慮なく……智己くんの初めて、智己くんが大切にしてた童貞……ウチが、もらっちゃうね」

そう言って悪戯っぽく笑う綾奈は、最高に可愛らしかった。

屋上庭園にあるベンチの上。ほんの少しだけ肌寒い風が吹いているが、ふたりの想いと身体が冷えることはない。

ベンチに座る智己の真正面に、淫靡《いんび》に服をはだけた綾奈がいる。

ブラジャーとショーツはすでに脱ぎ捨てている。

白くて大きな乳房がプルプルと揺れ、捲り上げたスカートからは、むっちりとした妖艶な太ももが覗いている。

お互いに正面を向いたまま、抱き合うように重なり合うふたつの身体。

愛おしそうに、綾奈が首に腕をまわしてくる。

愛液が滴り落ちる綾奈の割れ目は、いままさに、智己のペニスを咥え込もうとしていた。

「それじゃあ、いくね……ウチのオマンコで、キミのオチンチン……食べちゃうね」

生温かい息を吐きながら、綾奈が腰を下ろしてくる。

「あぁぁぁぁぁぁ……挿入《はい》って、くる……キミの童貞チンポ、挿入ってるぅぅぅ」

ヌルヌルとした柔らかな肉感が、智己の肉棒を包み込んでいく。少しでも油断すると、本格的な快感を味わう前に、あっけなく暴発してしまいそうだった。

「んんッ……智己くんの……な、膣内《なか》でビクビクしてるよ。どうする？　無理しないで、一度膣内に……んッ……出しちゃう？　ウチはそれでも……あッ……構わない、けど……」

「い、いえッ……我慢……できますッ」

本当はすぐにでも出したかった。だがそれでは、綾奈を満足させることなく、自分ひとりで完結してしまうことになる。

ほんの少しでもいいから、自分の力で、綾奈の心と身体を満たしてあげたい。
それだけを目標に、智己は初めてのセックスを全力でやり抜こうとしていた。
「本当に大丈夫？　初めてなんだから、無理しなくてもいいんだよ」

「いえ、でも……できるだけ長く、綾奈さんとこうしていたくて……」

何もしていないのに、突如として綾奈の膣穴がキュッと締まった。

「くぅぅ……も、もぉっ。ほんっとうに可愛いなぁ、キミってば……」

ほんのりと涙を浮かべながら、綾奈が頭を抱きしめてくる。

「それじゃあさ、一緒にいっぱい気持ち良くなろうね、智己くん」

「は、はい、頑張ります」

正直、そこまで自信があるというわけではない。しかしそう言ってしまった手前、智己は下半身に力を込め、気持ちの準備を整える。

「智己くんは頑張らなくても大丈夫だよ。ウチのアソコも……さっきからムズムズしてて、もう限界だったから……智己くんのオチンチン、いっぱいイジメてあげる……ねっ」

「うぅぅ……あッ……な、何これ？　気持ち、良過ぎて……あぁぁぁぁぁぁぁッ」

極上の感触がギュッとペニスを締めつけ、その感触を維持したまま、ペニスが上下左右にこねくりまわされる。

綾奈の膣内、様々な場所にペニスが当たり、どこに当たっても最高の快感が返ってくる。

大人がセックスを行う、本当の理由を理解したような気がした。

こんなにも気持ちいいのであれば、毎日だってしていたい。

この瞬間を長く愉しみたい。

　この快感をもっと深く味わいたい。

　智己の身と心は完全に、セックスという甘くて背徳的な行為の虜になっていた。

「あッ、はぁ……ぐッ……あ、綾奈さん……綾奈さぁんッ」

　頭では紳士的に振舞いたいと思っているのだが、色欲の権化となった肉体がそれを許してくれない。

　コントロール不能となった下半身をズンズンと突き上げ、目の前でタプタプと揺れる乳房に遠慮なく顔を埋めていく。

「もうッ、智己くんってば、そんなふうに夢中になってウチの名前呼んじゃって……あはぁぁッ……嬉しいけど、声、大き過ぎだよぉ……んんッ、あッ、やぁぁぁんッ」

　セリフだけを聞くと自制を促しているように聞こえるが、智己の動きによって、綾奈が感じているのは明白だった。

　綾奈が悦んでいる。

　ついさっきまで童貞だった自分の拙いテクニックで、綾奈が感じている。

　興奮と欲望が、遠慮と途惑いを凌駕していく。

　智己はできる限り綾奈を気持ち良くしようと、懸命に腰を振り続けることにした。

「あふぅッ……あッ、んんッ……も、もうっ、智己くんったらぁ……い、いくらギプスしてるからって……ケガ人の……あはぁぁッ……クセに……」

段々と、快楽の海で溺れているような気分になってくる。しかし、不安を伴う苦しさのようなものは一切感じない。

綾奈と一緒であれば、どれだけ溺れようが構わない。

綾奈を満たすことができるのであれば、自分の身体などどうなってもいい。

「ぼ、僕……綾奈さんを、気持ち良くできてるんですね。凄く……くッ……嬉しいです」

「いまさら……んんッ……何言ってんの。さっきからずっと、気持ちいいって……あッ、はあぁ……言ってるじゃん。好きな男の子と……エッチ、してるんだよ……あぁッ、あくぅぅ……んッ……気持ちいいに、決まってるよッ……んんんんんッ」

綾奈の膣穴がギュッと締まり始める。

それに押し潰されまいと、智己のペニスも硬さを増していく。

「僕も……好き……です。綾奈さんが……大好きですッ」

ペニスを包む膣肉がさらに強く締まり、快感という波を受け流そうと、綾奈の豊満な肉体がブルブルと小さく震える。

「んあぁぁぁぁッ……こ、こらぁ……急にそんな、可愛いこと言われたら……ウチの身体、勝手に悦んじゃうよ」

首にまわした腕を引き寄せ、綾奈が真っ直ぐに瞳を見つめてくる。

「ふぅ、ふぅ、ふぅ……んッ。ねぇ、チュウしよ？　ううん。駄目って言っても……んッ、もう、するからね……ほらっ、顔上げて」

言われるがままに顔を上げ、キスをするための体勢づくりをする。

「智己、くん………ンチュッ……ぐぅッ……んッ、んぐぅぅぅぅぅぅぅぅぅぅ」

それは愉しむというより、貪るという表現のほうがピッタリなキスだった。

唇を舐められ、舌を吸われ、唾液を飲まされ、口内を蹂躙されまくる。

白衣の天使から快楽を貪るメスとなった綾奈の激しいキスによって、智己のなかに残っていた、我慢しようという気持ちが根こそぎ溶かされてしまった。

「ンチュ………んッ？　あぁぁッ……あ、綾奈さんッ。僕、もうッ……」

直感と経験から、もう我慢することはできないということを悟った。

「うん？　もう、無理なんだ……いいよ。智己くんは患者さんなんだから……遠慮しないで……あはぁッ……ナースのお姉さんに……んッ、甘えてね」

綾奈の唇が離れていくが、貪るような責めをやめたというわけではない。

綾奈が身体を動かし、最後の瞬間を迎えやすい体勢をつくる。それはちょうど、智己の頭を抱き抱えるような恰好で、智己の耳が綾奈の眼前にあるという状態だった。

「うふふっ、今度はキミのお耳にキスしてあげるね。キミの耳、すっごく火照ってるから、担当ナースとしてきちんと冷ましてあげないとね……んッ、レロッ……ふぅ、ふぅ」

耳舐めと吐息の二回攻撃。

智己にはもう、それを耐え抜くだけの余力は残されていなかった。

「綾奈さんッ……も、もうッ……もうッ、限界ッ……ですッ」

「い、いいよ、もういいよ……あはっ。無理させちゃって、ごめんね。お詫びとして……今日は大丈夫な日だから……赤ちゃんデキないから。我慢しないでウチの膣内《なか》に、智己くんの……熱々のドロドロザーメン、奥まで思いっきり出して」

搾り取るように、綾奈の膣穴が強く締まり肉壁がグネグネと脈動する。

すべての思考が吹き飛ぶと同時に、智己の下半身から灼熱の精液が飛び出していった。

「ごめんなさい、僕だけ先にッ……あッ、んんんんんんんッ」

「きたぁッ。智己くんの熱いのが……奥まで……あぁぁぁぁぁぁぁぁぁぁッ」

強過ぎる快感の反動として、智己の下半身がビクビクと震える。

それに合わせ、綾奈も極上の快感を味わっているようだった。

「あッ、当たるッ、当たるッ……んんッ……奥に、精子がビシビシ当たってるッ。あッ、これッ……我慢できない……い、イクッ。イクぅぅぅ……オマンコの奥に、熱々の精液いっぱいかけられて……イクッ。イッちゃうッ……イクぅぅぅぅぅぅぅぅぅ」

最後の力を振り絞るように、綾奈の膣穴が激しく蠢き、それによってすべての精液が搾り取られていく。

智己としてはナースの格好をしたお姉さん淫魔に、魂を抜かれたような気分だった。

「あふぅッ……やんッ、まだ出てる。マンコの奥に……子宮に、智己くんの精子が溜まっていってる……これ、危ない日だったら絶対に妊娠してたよ」

甘い余韻に浸りながらも、その言葉にドキドキする智己であった。

行為後。身支度を整えると、不意に綾奈が秘密を告白するかのように、それを言った。

「あのさ……いままで言えなかったけど、智己くんが怪我するきっかけになった、引ったくりの被害者って……ウチだったんだ。あの日、手作りのクッキーを持って、ショップのイケメンに告白しようと思ってたんだけど……実は、もう結婚してるってことがわかって、落ち込んでたんだ。ウチってばすぐに調子に乗るから、病院内では、その人とはもう付き合ってるとか言っちゃって……どうしようかって思ってたときに、たまたまカバンをひったくられて……ウチがもっとしっかりしてたら、智己くんは怪我することなく、ちゃんと文化祭に参加できたのに……ほんと、ごめんね」

初めて会ったとき、綾奈の声に聞き覚えがあった理由がやっとわかった。

怪我の原因となった引ったくり事件。

間接的とはいえ、そのときすでに、綾奈と出会っていたのだ。

「いえ。自分の意思でしたことだから、僕は気にしてないですよ。それより、何で急にそんなことを？」

「うーん、それは……ね。もう、キミには隠し事なんてしたくないって思ったからかな。最初は、罪悪感から始めたお詫びみたいな感じだったんだけど……そのうち本気で、キミのことが気になり始めて……いまではこうやって、恋人同士になったんだから……もう、隠し事はナシ。これからはちゃんと、全部話すことにするね」

恋人同士。あらためてその言葉を意識すると、顔が真っ赤になりそうなくらい嬉しくて、気恥ずかしかった。

だがそうなると、どうしても気になることがある。

「あの……こんなときに何ですけど、肥田さんの件は、今後どうするんですか？」

「うん？　恋人がセクハラされてるってことで、やっぱり気になるんだぁ……それだったら安心して。あのエロオヤジ、すっかり油断してるからさ。そろそろシャレにならないところを写真に撮って、病院から追い出してやろうと思ってるんだ。すでに完璧な作戦を用意してあるから……安心して。うふふふっ」

そう言って無邪気に笑う綾奈だったが、智己の不安が消えることはない。

好きな人と繋がり合えたという幸福感。それを覆い隠すほどの不安感が、智己の胸にモヤモヤとした影を落としていた。

第四章 母とナースの意外な関係

「やぁーんッ……智己くんのオチンチン、ウチの膣内《なか》でビクンビクンしてるぅ。あはッ……ねぇ、出そうになっちゃった？　オチンチンからドピュドピュって、射精しそうになっちゃったの？」

「うぐッ……ま、まだです」

「あれぇ、智己くんってば、意地になってるのかなぁ？　うふふっ、本当はもう、限界なくせにぃ……お姉さんのオマンコのなかに出したくて、たまんないんでしょ？　正直になんなよぉ。智己くんは、素直で正直な良い子ちゃんなんだからさぁ……ハァ、ハァ、ハァ、あふぅッ……うんんんんんんんッッ」

綾奈の腰遣いが激しくなる。それに合わせ、膣壁が肉棒を強く圧迫してきた。

依然として足を怪我している智己を気遣い、綾奈が上に乗って動くという体勢でふたりはラブラブなセックスに興じていた。

患者とナースから、恋人同士へと関係が発展したことから、綾奈の責めには気遣いや遠慮というものが完全になくなっていた。

みんなが寝静まった夜の病室。

身体中を濡らす大量の汗を気にすることなく、まるでスポーツでもしているかのように、綾奈が積極的に腰を振り続ける。

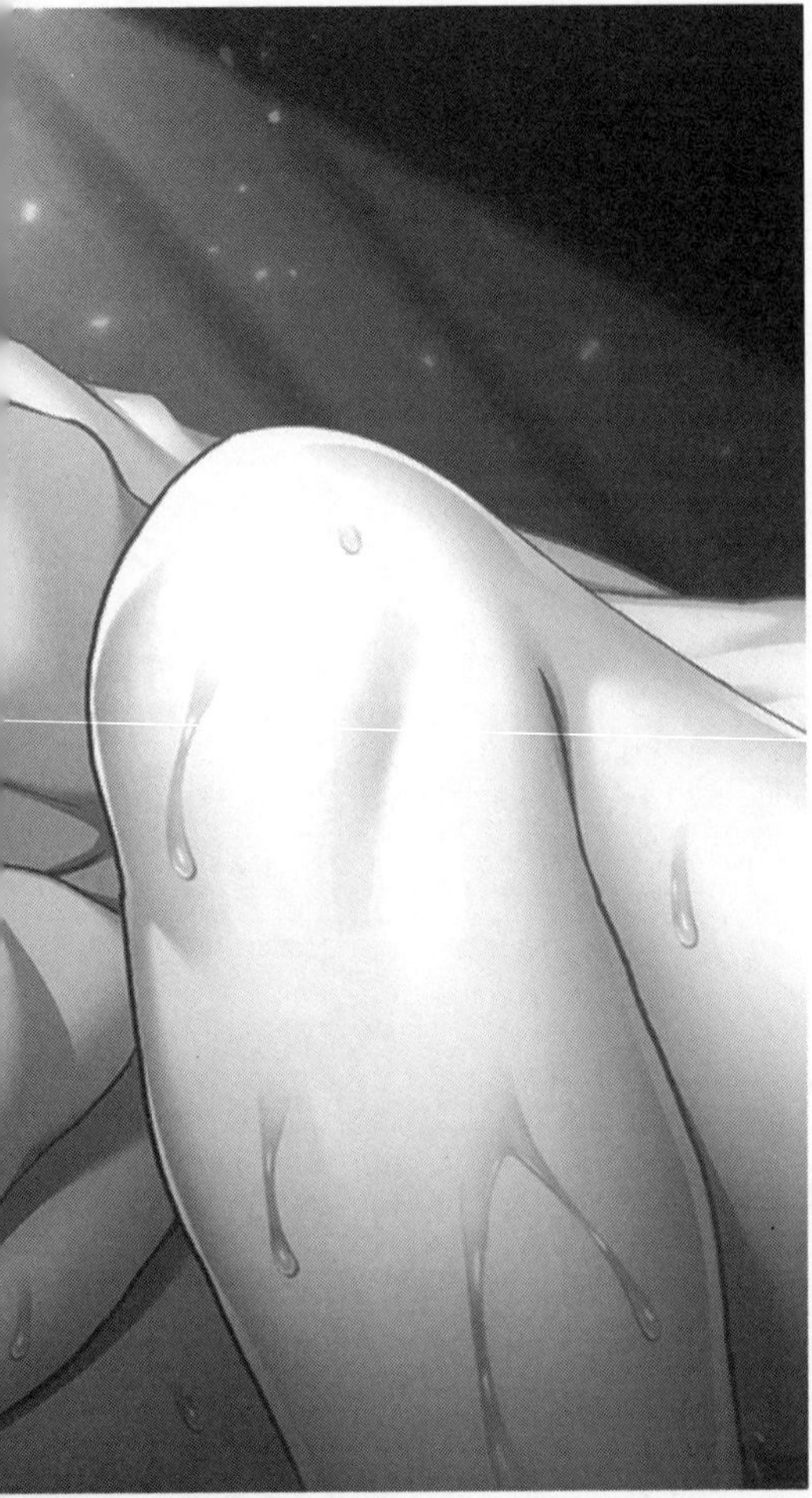

ベッドがギシギシと音を立てるが、綾奈がそれを気にすることはない。

むしろ意図的に、聞かれてはいけない音を、大きくしているかのようだった。

「でもそういうとこ、マジで可愛くて、ウチは大好きだよ……ハァ、ハァ、ハァ……はむ、んむむ、レロロロッ」

唾液を含んだ舌で、感度を増した耳を淫らに舐めまわしてくる。

ゾワゾワッとした快感が下半身に溜め込まれていく。いますぐ爆発するというほどではないが、いつまでも耐え続けるというのは不可能だろう。

「チュパッ、チュププッ……いいんだよ、智己くん……もうガマンしなくていいから、お姉さんの膣内《なか》に……遠慮なく、いっぱい出しちゃってね……あんッ」

耳元で聞く囁きと喘ぎは、強烈としか言いようがなかった。

「ここまで頑張ったご褒美に……すっごく気持ち良くピュッピュさせてあげるぅ……だからぁ……出してぇ。ウチの膣内《なか》……智己くんで、いっぱいにしてぇ」

淫らに耳を舐めまわす舌と、射精を誘発する官能的な声。

元々大きかった射精欲求が、さらに大きく膨らんでいく。

それは如実にペニスを隆起させ、綾奈の膣内を深く抉り上げていった。

「うふっ、ふふ……んんッ……凄いよ。オチンポどんどん膨らんで……ハァ、ハァ……オマンコのなか、智己くんのオチンポでいっぱい」

圧迫感が増したことで、綾奈のペースがわずかに乱れ始める。だからといって、黙って快楽に没頭するということはない。

「ハァ、ハァ、ハァ……お返しに、キミのことも気持ち良くしてあげる……んふ、ふぅ、んんんッ……キミの敏感なところ、いっぱいイジメてあげるねぇ」

次に綾奈の標的となったのは、可愛らしく勃起した智己の乳首だった。

女性の乳首と比べると、その膨らみは大したものではない。だが、男女を問わず快感神経が集まっていることに変わりはなく、指先がちょっと触れただけで、痺れるような快感が智己の全身を奔《はし》り抜《ぬ》けていった。

「ひゃぁぁぁんッ」

「ふふっ、何いまの声ぇ？　女の子みたぁ〜い」

指摘されたことで、火がついたように身体全体が熱くなる。

女の子扱いされたことを恥ずかしく思う智己を視界に捉えながら、綾奈が嬉しそうに笑みをこぼす。

智己の顔が羞恥で熱くなればなるほど、綾奈の笑みが妖しさを増していく。

経験が浅い智己でも容易に理解することができる。

綾奈は——好きな子をイジメることで、快感を得るタイプなのだ。

「そっかぁ、キミは乳首も性感帯なわけなんだ。ふふっ、うりうりうりぃ……」

遊ぶように指先で乳首を転がし、飽きた頃に乳首を摘まみ上げてくる。

快感よりも痛みが強いが、智己が不快感に襲われることはない。

むしろ、綾奈の細くて白い指が自分の乳首をいやらしく摘まんでいると思うと、興奮で頭が真っ白になりそうだった。

「うあぁぁッ……や、や、やめてッ……やめてください……ひぁぁぁぁんッ」

これまでとは質の違う快感が怖くなり、思わずそんなことを言ってしまう。

もちろん、その程度のことで綾奈が責め手を緩めるということはない。逆に飢餓感を刺激されたかのように、本能むき出しの発情顔を向けてくる。

「やぁんッ……これヤバッ……めっちゃ興奮するぅ。ほらほらほらぁ……もっと可愛い声聞かせてよぉ。ふぅ、ふぅふぅ……んふっ。ふふふふっ」

もはや智己の身体は、綾奈を興奮させるためのオモチャでしかなかった。

膣穴の圧迫感に慣れた綾奈が、再びゆっくりと腰を動かし始める。

綾奈の腰が動くたびにペニスと膣壁が擦れ合い、叫びたくなるほどの快感が脳天を貫いていく。歯を食いしばって耐えようとするが、我慢できるレベルではない。

「このなか……パンパンに膨らんだ智己くんのオチンポのなか……熱々の精子でいっぱいになってるんでしょ？　パンパンに膨らみ過ぎて、すっごく苦しいんでしょ？　いいよ。ぜんぶウチの膣内《なか》に出して楽になっていいんだよぉ……チュッ、チュパッ、ネチュチュッ、遠慮はいらないからぁ……レロ、レロロロ……」

指先で乳首を弄りながら、舌先で耳を舐めまわしてくる。

身体に馴染んだ快感が目の前の風景をドロドロに溶かし、思考能力といったものを奪い去っていく。

「で、でも……綾奈さんの……な、膣内《なか》に出したりしたら……」

男として無責任なことはできないと、最後に残された理性を総動員してその言葉を口にする。綾奈を気遣って言ったことだが、当の本人である綾奈は、まったく気にしていないようだった。

「な〜に？　もしかして、妊娠のこととか心配してるのぉ？　うふふっ、やっぱ真面目だなぁ。智己くんは……」

耳元に唇を寄せ、脳を揺らすような声量で、綾奈がねっとりと囁いてくる。

「そうだねぇ……膣内《なか》にビューーッてしちゃったら、ウチ、妊娠しちゃうかも……智己くんとの赤ちゃん、デキちゃうかもしれないね」

血の気が引くような怖さを覚えると同時に、自分の子を妊娠した綾奈を想像し、どうしようもなく興奮してしまう。

「そ、そんなッ……いまの僕に子供なんて……あぁッ、でも違いますッ。決して、責任を取りたくないってわけじゃなくて……」

「そんなに焦んなくてもいいよぉ。いまのは、智己くんをドッキリさせるための冗談なんだから。ウチはナースなんだから、そういうことに関する知識はバッチリだって」

「そ、そうなんですか……」

ホッとする反面、ほんの少しだけガッカリしてしまう。

コロコロと表情が変わる智己を見て、綾奈が余裕たっぷりに微笑んだ。

「ねぇ、智己くん。それってつまり………どういうことか、わかる？」

「えっ？　どういうことかって……」

「つ・ま・りぃ……ウチのオマンコに、膣内《なか》出《だ》しし放題ってことだよぉ。うふふふっ」

「ッッ………」

雷が落ちたような衝撃。

大好きな人に、好きなだけ種付けができる。

智己のなかに存在するオスとしての本能が、その事実を強烈に悦んでいた。

「チンポのなかに溜まったドロドロの精子、ウチのオマンコに思いっきりブチまけたいんでしょ？　どうなのぉ？」

「うあぁぁぁッ……だ、出したい……出したいですッ」

それは胸を灼《や》く熱い感情を、そのまま吐き出したような言い方だった。

「だよねぇ。もうザーメン、出したいんだよねぇ」

少しだけ身体を上げ、綾奈が腰の位置を調整する。

腰の位置を調整したことで全体のバランスが良くなり、お互いに動きやすくなる。

それが何を意味するか？　智己は本能的に悟った。

「いいよ……いいよッ。出させてあげる。ウチのオマンコに……キミの精子、空っぽになるまでドピュドピュッて、膣内《なか》出《だ》しさせてあげるぅッ」

ベストポジションを見つけた綾奈が、汗や愛液を飛び散らせながら、激しく淫らに大きなお尻を振り始める。

相手をイカせるんだという、明確な意思が伝わってくる。

反射的に耐えようとする智己だったが、未熟な智己がどれだけ我慢したところで、何とかなるものではなかった。

「うぅぅぅぅ……出る、出る、出るッ……綾奈さんッ。そんなに激しくされたら……僕、もう出ちゃいますッ」

「いいよッ。出して……出しちゃえッ。恋人なんだから遠慮なんかしないで、思いっきり出してッ。ウチのオマンコのなかに、ドロドロのオチンポミルク好きなだけ……恋人マンコに思いっきり、ぶちまけちゃってぇぇぇぇぇぇぇぇッ」

「うあぁぁぁ……で、出るッ。出ちゃいま……………んんんんんんんんんッ」

「あくぅぅぅぅ……奥に、当たってる……キミの元気な精子が、オマンコの奥に……ビチビチ、当たってるぅぅぅぅぅぅぅぅぅぅぅッ」

射精の快感が全身を駆け巡っていくなか、智己は綾奈の身体が絶頂によって硬直したことを感じ取った。

吐き出したオスと受け止めたメス。

ふたつの身体が、強過ぎる快感の反動によってビクビクと跳ね上がる。

「あくぅッ……んッ、んん……ハァ、ハァ、ハァ……凄い。こんなの、ピル飲まないと絶対に妊娠しちゃうよ」

綾奈にすれば、それは何の下心もない、ただの感想だったのだろう。しかし聞いた智己にすれば、それは性感を刺激する立派な挑発行為であった。

「えッ？　ちょっ……ウソッ？　まだ出るの？　キミのオチンポからザーメン……そんなにいっぱい出されたら……」

綾奈を孕ませたいという欲求が、精子となって外へと飛び出していく。

「ヤダッ……これ、イクかもッ？　イッちゃう……イクッ……ぐぐぐッ……ザーメンでイッちゃう……ザーメンいっぱいで……イクぅぅぅぅぅぅぅぅぅぅぅぅぅッッ」

綾奈が背中を仰け反らせながら、歓喜の声を上げる。

そこに、さっきまで見せていた余裕はひとかけらも存在しない。

メスとして喘ぎ悶える綾奈を見たことで、智己はほんの少しだけお返しができたと、軽い満足感を抱くのであった。

そんなふうに、恋人としてラブラブな日々を送っていた智己と綾奈だが、ふたりを悩ませる問題は、依然として未解決のままだった。

偉そうで傲慢なセクハラオヤジとして、数多くの人に迷惑をかけている肥田。

それを裏でサポートしている性悪なナース長、志鶴。

このふたりをどうにかしない限り、綾奈の悩みが解決することはない。それはつまり、このふたりのせいで、綾奈は延々と苦しみ続けるということだ。

智己としては、全力で綾奈を助け、可能な限り円満にこの問題を解決したかった。そのためであればどんな苦労も惜しまないつもりだったが、肝心の綾奈は、そこまで深刻に考えていないようだった。

「実はさ……準備ができたから、明日の夜、肥田のスケベオヤジをハメてやろうと思ってるんだ。わざとセクハラをさせて、そこを後輩の子がカメラで撮影する。それをネタに肥田を脅してやれば、問題は全部解決。智己くんが教えてくれた情報だけだと、ナース長と肥田が、どこまでズブズブなのかわからないけど……肥田の悪事を暴けば、芋づる式でナース長もお終いっしょ。ふふっ。明日が楽しみ。これまで我慢してきたぶん……たっぷりと、お返ししてやるんだから」

病室でのセックスを終えたあと、悪戯を企んでいる子供のような顔で、綾奈がそれを教えてくれた。

「何か協力できることはないか?」と訴える智己だったが、「智己くんを巻き込みたくない」と言われるだけで、何もさせてもらえない。

綾奈の態度は普段と何も変わらない。

それが、「智己に心配をかけたくない」という想いからきていることは、簡単にわかった。

ナース長である志鶴が裏で悪事を行っていることを教えたときも、ショックだったはずなのに、綾奈は表情を崩さなかった。

それらはすべて、智己を含めた周りの人のためで、そんなふうに優しい人だからこそ、智己は綾奈のことを好きになったのだ。

だからこそ——何があったとしても、綾奈のことだけは守ってあげたい。

無力で弱い存在だとしても、智己は綾奈のために何かをしてあげたかった。

(僕を巻き込みたくないってことは……肥田さんをハメることは危険だって、綾奈さんもわかってるんだ。だけど、色んな人のために、綾奈さんはあえて危険なことをして……)

全力で考えてみる。

大好きな人のために、自分にも何かできることがあるはずだ。

(わざとセクハラをさせるってことは……肥田さんとふたりっきりになったとき、あえて隙を見せるっていうことだよな。肥田さんはああいう人だから、廊下とかでも構わずセクハラをするけど、カメラで撮影するとなるとやっぱり……)

綾奈のことを考えながら、智己は必死になって、自分にできることを探し続ける。

そしてある日の夜。

綾奈の作戦が、実行に移されたのだった。

◇◇◇

「ぐっふっふ……ようやくその気になってくれたか？」

「えぇ～。『その気』になったって、何の話ですかぁ？　私、肥田さんが色々と指導をしてくれるっていうから、この部屋を用意したんですけどぉ」

「ぐふふっ。バカ女のフリをしてとぼけおって……まあ、そういうところも可愛いぞ、綾奈くん。それじゃあ、約束どおり色々と教えてやろうじゃないか……ぐふふふ」

夜の病院内。誰も入院していない空き病室に、入院服を着た肥田とふたりっきり。

綾奈にすれば、吐き気を催しそうなくらい劣悪な状況だが、これも作戦だから我慢するしかない。

現在、綾奈たちがいる区域は病棟の端っこに位置するエリアで、夜中に好んで人が来るような場所ではない。大災害といった非常時に素早く病室を確保するため、このあたり一帯は、意図的に空室となっている部屋ばかりであった。

時間は夜。場所は、誰も来ない病院内の空き部屋。

欲望の塊ともいえる肥田でなくても、そういった想像をしてしまうことだろう。

「よし。では綾奈くん。まずはシーツの整え方から教えてあげよう。そこのベッドに手をつきなさい。ヒップを……突き出すようにな」

「え～っと、こうですかぁ？」

「おお、そうだそうだ。むふふ、相変わらずいいケツをしとるねぇ」

「えぇ～、もうっ、肥田さんってば……やだぁ」

綾奈の計画どおり、肥田は欲望を丸出しにした醜い顔をしていた。

ファンタジー世界のモンスターを連想させる醜悪な立ち姿。頑張って我慢しないと、嫌悪感が顔に出てしまいそうだった。

（ったく、このクソエロオヤジは。こっちが大人しくしてたら調子に乗って……いまにみてなさいよ。もうすぐ言い訳できない写真撮って、この病院から追い出してやるッ）

命令に従い、前屈みになってベッドに手をつく綾奈のお尻を、そうすることが当然と言いたげな顔で、肥田が撫でまわしてくる。

害虫を触ったときのような嫌悪感が全身を駆け抜けていくが、いまは我慢するしかない。

肥田の存在を無視し、計画が成功したときのことだけを考える。そうすることで何とか、綾奈は冷静な感情を保つことができた。

しかし、綾奈がどれだけ必死になって冷静さを保とうとしたところで、成熟した女の身体は勝手に熱を上げていってしまう。

（うわぁッ……キモッ。触ってるのが肥田のオヤジだと思うと、吐きそうなくらい気持ち悪いんだけど……）

綾奈の意思に反し、下半身がビクッと震える。

人間であれば当然の反応なのだが、性感が刺激されたという事実に変わりはない。

「おやおや。指導の途中だというのに感じてしまうなんて……綾奈くんは、ナースとしてまだまだのようだな。よろしいっ。だったらベッドを使ってひと晩中……綾奈くんには、色々なこと教えてあげようじゃないか……ぐふふ。ぐふふふふ」

「そんなぁ、ひと晩中って……肥田さん、ベッドで何をするつもりなんですかぁ？」

「そんなこと言って……本当は、全部わかっとるんだろ？」

鼻息を荒くしながら、肥田が乳房に手を伸ばしてくる。嫌悪感を抱き、必死になって我慢しているのだが、やはり直接的な快感となると相手が悪い。

反射反応として、口から艶《なま》めかしい声が漏れ出してしまう。

これ以上快感に晒されたら、作戦に支障が出てしまうかもしれなかった。

（そろそろ限界なんだけど……あの子ってば、まだ出てこないわけ？　セクハラの現場を写真に撮ったら、すぐに出てくるっていう計画だったのに……）

肥田をハメるためには、信頼できる協力者が必要だった。

綾奈が選んだ協力者は後輩のナースで、綾奈のことを絶対的に信頼しているため、裏切られる心配はない。

廊下から室内を監視し、決定的な写真を撮ったら、満を持して後輩ナースが室内に乱入してくる。

そういう計画だったのだが、いつまで経っても後輩ナースが姿を現す気配がない。

「あぁぁぁぁッッ。もう駄目だッ。こんなにもスケべな身体を前に、いつまでも我慢などできるかッ……ほれッ」

「きゃんッ。ちょッ……肥田さんッ？」

力任せにベッドの上に押し倒され、身体の自由を奪われる。

急いで身体を起こそうとするが、単純な力勝負となると、男である肥田のほうが有利だ。

磔《はりつけ》にされた蝶のように、綾奈はベッドの上で、バタバタと暴れることしかできなかった。

「こらこら暴れるな。私と部屋でふたりっきりになったということは、そういうことなんだろう？　それとも私を焦らして、楽しんでおるのかね？」

肥田の目は本気だった。この一線を越えたら、もう、後戻りすることはできない。

（ヤバッ。ここは作戦変更ッ。証拠はないけど襲われたってことで、ここはとりあえず、このクソエロオヤジにいままでのウップンをぶつけないとッ）

覚悟を決めて肥田の顔面を攻撃しようとする。しかしそれよりも早く、突如として病室のドアが開いた。

（やったッ。ギリギリだけど、間に合っ…………………………え？）

綾奈が目撃したのは、完全に予想外の光景だった。

「肥田先生、こんな見え見えのハニートラップにかかるなんて、不用心が過ぎますよ」

純白のナース服に漆黒の微笑み。

現れたのは、ナース長である志鶴だった。

「肥田先生。そこのナースは、先生を罠にかけてセクハラの証拠写真を撮影するつもりだったんです。さすがの私も、写真が病院の外に出てしまえば揉み消しは難しいですからね。気をつけていただかないと」

「な、何だとッ……」

驚愕の表情を浮かべ、肥田が綾奈と志鶴を交互に見やる。

平然を装いたい綾奈だったが、どうしても動揺が顔に出てしまう。

そうなる理由は、協力者である後輩ナースの両腕を、志鶴が左手一本で捻り上げていたからだった。

「うぅぅ……綾奈さん、ごめんなさい。グスっ……私が、捕まってしまったせいで……」

責任を感じているのだろう。後輩ナースは、涙目だった。

「ちょッ……ナース長ッ。その子は関係ないんだから、放しなさいよッ」

「そう言われて、私が放すと本気で思ってるの？　朝からこの子の様子がおかしかったから、変だと思って観察していたら……あなたたちが計画について話しているところを、偶然聞いてしまったの。そういうわけだから、観念しなさい。あなたたちの計画は、失敗に終わったのよ」

「ぐぅッ……………卑怯者ッ」

「ふふっ。国会議員の先生をハメようとしていた人間が、言うセリフではないわね。というわけで先生、今度は先生の番です。ご自慢のペニスで、このふたりにお仕置きをしてあげてください。その姿を逆にカメラで撮れば……どうなるか？　おわかりですよね」

数秒の間を置き、肥田がそのセリフの意味を理解する。

「なるほど。さすがは志鶴くん。私をハメようとしたバカ女たちも、撮られた写真を思い出すことで、自分の立場を思い知って大人しくなるということだな」

レイプされた写真をネタに、綾奈たちを脅迫する。

志鶴たちの企みを理解したところで、目の前の選択肢が増えるというわけではない。

綾奈だけならどうとでもなるが、後輩ナースを人質に取られている以上、むやみやたらと抵抗するわけにはいかない。

(ウチが逆らったら……このふたりはきっと、あの子に酷いことをする。それだけは絶対に駄目ッ。ウチはともかく、あの子だけは無事に帰してあげないと……でも、どうしたらいいの？　こんな状況から、逆転する方法なんて……)

「ぐふふふふっ。それじゃあまずは、私の女になった証として口づけのひとつでも……」

肥田の顔が迫ってくるが、抵抗する気が起きない。

希望が消え、絶望が胸を支配しかけた瞬間――。

「そこまでですッ」

あの少年の、声が聞こえた。

◇◇◇

室内に飛び込むと同時に、智己は手に持っていたスマホのカメラを肥田たちへと向けた。

「あなたたちの行為は、すべてスマホで撮影しました。いますぐ綾奈さんたちを解放しないと、この動画をマスコミに送りますよ」

予期せぬ智己の登場を受け、場は完全に凍りついていた。

時間が止まったような状況が続くなか、拘束されていた後輩ナースが、チャンスとばかりに志鶴のもとから逃げ出す。

それをきっかけに、凍りついていた時間が一斉に動き始めた。

「智己くんッ。何で？　どうしてここに？」

「病院食のワゴンです。ワゴンについてた伝票から、夕食が運ばれない部屋──空き部屋があることがわかって……綾奈さんはそのなかのどれかを、作戦のために使うって思ったんです。だから僕も、近くの部屋に隠れて様子を窺って、何かあったらすぐに飛び込んでいこうと思って……」

「智己くん……」

助けに現れた智己を見る綾奈の目は、王子様の登場を喜ぶ少女のようだった。

その一方で、敵意をむき出しにした視線がふたつ。いうまでもなく、肥田と志鶴である。

「クッ……何だこのガキはッ。何がスマホで撮影しただッ。お前のようなクソガキが言うことなど、誰が信じるというのだッ。身の程を知れッ、ガキがッ」

「先生が仰《おっしゃ》るとおりです。国会議員と、病院の診察に不満を持つ子供。世間はどちらの言葉を信用するかしら？　マスコミを含め、世間なんて単純なものなんだから、病院に不満を持つナースと患者が組んで、国会議員の先生をハメようとしたということにすれば、この程度の問題、簡単に揉み消すことが……」

「あら？　だったら、病院に不満を抱いていない大人だったら、何の問題もないっていうことね？」

智己の後ろから、新たに現れた登場人物。

それはフリーライターでマスコミにコネがある智己の母、珠実だった。

「な、何だお前はッ？」

何も知らない肥田が、珠実に向かって敵意を含んだ言葉をぶつける。

「初めまして。ここでお世話になってる、天城智己の母です。ちなみにお仕事は、マスコミ関係のフリーライターでして……本日は素敵なネタを提供してくださって、誠にありがとうございます」

何が起こるかわからない修羅場だというのに、珠実の声は普段と変わらぬ、おっとりとしたものだった。

その姿と声を確認した綾奈が、なぜか目元を歪める。そのまま数秒間沈黙していたかと思うと、何の脈絡もなく、綾奈が驚きの声を上げ始めた。

「智己くんのお母さんって……………えぇーッッ。もしかしてお姉サマッ？」

「あら？　綾ちゃんってば、やっと気づいてくれたのね。昔と比べて色々変わっちゃったから、なかなか気づいてくれなくて……ちょっと寂しかったのよ」

「い、いや、だって、あの頃とは髪型や雰囲気が全然違ってて……それにウチには最後まで、ペンネームしか教えてくれなかったから……」

急激な雰囲気の変化に、智己も動揺してしまう。

「えッ？　母さんと綾奈さんって……知り合いだったの？」

「あら智ちゃん。綾奈さんだなんて……母さん以外の人間をそんなふうに呼ぶなんて、母さん、ちょっと妬《や》いちゃうなぁ」

「いや、そんなこと言ってる場合じゃなくて……」

自分で言って、そんな場合ではないということを思い出す。

「クソッ。どいつもこいつも議員である私を馬鹿にしおって……このクソガキッ。そのスマホがなければ証拠はないんだッ。いますぐそれを私に――」

「綾ちゃんッ。いつまで大人しくしてるつもり？　もう遠慮する必要はないんだから、昔を思い出して暴れちゃいなさいッ」

珠実のセリフを聞いたことで、綾奈の顔つきが一変した。

「……はいッ。お姉サマッ」

返事をするや否な、綾奈が無防備になっていた肥田の股間に強烈な蹴りを入れる。

「うぐぅぅぅ……ギギギギギギ」

一発で肥田が行動不能になり、その肥満体に綾奈がとどめの一言を浴びせかける。

「このクソエロオヤジ……ウチを前に、よそ見してんじゃねえよッ」

続いて素早くベッドを降り、今度はもうひとりの悪である志鶴へと向かっていく。

「舐めんなッ。このシャバ僧がッ」

驚いて動けない志鶴の身体を正面からガッチリと掴むと、綾奈は流れるような動きで、志鶴の身体を床へと投げつけた。

大きな音に続き、静寂が室内を支配する。

綾奈の攻撃によって、ふたりの悪党は完全に沈黙してしまったのだった。

「やったわね、綾ちゃん」

「はいッ。お姉サマ」

明るくやり取りを交わす、綾奈と珠実。

急転直下の状況についていけない智己は、ひとり困惑するだけだった。

◇◇◇

「智己くんだけでも驚いたっていうのに、まさか一緒に、お姉サマが現れるなんて……」

悪党を無事に退治した、その日の夜。

自身の病室に戻った智己は、母である珠実を交え、恋人である綾奈と話をしていた。

「情けない話ですけど、僕ひとりだと心細いと思って……マスコミ関係にコネがある、母さんに協力を頼んだんです。この歳で親を頼るなんて情けないと思いましたけど、綾奈さんを守るためだったら、どんなことでもするつもりだったから」

「智己くん……」

「それで結局、肥田さんたちはどうなったんですか？」

「ああ、それだったら……」

おっとりとした声音で、珠実が会話に入ってくる。

「母さんの知り合いに証拠のデータを送っておいたから、智ちゃんは、何の心配もしなくていいわよ。きっと数日もすればマスコミが動いて、ちゃんとした罰を受けるはずよ」

「そうそう。悪事がバレたってことで、肥田のオヤジってば、早々と転院の手続きをしてたわよ。それに共犯のナース長も、長期の休暇願を出してたから……このふたりに関する問題は、これで全部解決っていうところかな」

「そうですか、良かった」

そうなると、いますぐにでも解決したい疑問がある。

「綾ちゃん」と「お姉サマ」。このふたりはいったい、どんな関係なのだろう。

「あの……聞いてもいいですか？　綾奈さんと母さんって、知り合いだったんですか？」

ふたりが顔を見合わせる。

いつもの調子で微笑む珠実とは対照的に、綾奈は居心地悪そうな顔をしていた。

「え、あ、あの、その……それはね……」

　わかりやすく慌てふためく綾奈に、珠実がそっと助け舟を出す。

「ふふっ……昔――っていうほど昔じゃないけど、色々あったのよ。その頃の母さんたちは、お互いを必要としていて……そして、癒し合っていたの」

「へっ？　癒し合っていたって……」

すぐにはピンとこない言葉だった。しかし、綾奈にすればその表現だけで充分だったようで、過去を思い出すことで、みるみるうちに綾奈の顔が赤くなっていく。

「そ、その話はいいじゃないですかッ、お姉サマ。それより、全部無事に解決したんですから、今後のことを考えてもっと明るい話を……」

「それについて――綾ちゃんに聞きたいことがあるんだけど」

　何の前兆もなく、珠実の声と顔つきが、急激に冷たくなった。

　そんな珠実の変化を受け、綾奈が間の抜けた顔で動揺する。

「ふぇッ？　聞きたいことって……」

「智ちゃんから、お世話になってるナースさんを助ける手伝いをしてほしいって言われたとき……すぐに綾ちゃんの顔が思い浮かんだわ。最初は、年上の女性に憧れのような感情を抱いてるだけだと思ったけど……ゴミ箱のティッシュとかから、ふたりがどんな関係なのか、すぐにわかったわ。可愛い智ちゃんに『そんなこと』をしておいて……まさか綾ちゃん、悪戯でしたなんて言うつもりはないわよね？」

「そ、それは、あの……当然、智己くんとは……清くて真面目なお付き合いを……」

「本当なの？　智ちゃん」

普段と同じ優しい顔で、穏やかに言葉を紡ぐ珠実だったが、発している威圧感が凄い。肥田と志鶴をやっつけたときに感じた、綾奈の迫力もかなりのものだったが、プレッシャーの質でいえば、珠実のほうが上かもしれない。

「あ、綾奈さんの言うとおりだよッ。ぼ、僕は本気で、綾奈さんのことが好きで……綾奈さんも、そんな僕の気持ちに応えてくれて……母さんが心配するようなことは何もないから、大丈夫だよ」

チラリと、珠実が綾奈に向かって確認の視線を送る。

珠実と目が合った綾奈は、壊れた人形のように、何度も大きく首を縦に振っていた。

（あの綾奈さんが、躾けられた犬みたいに従順になるなんて……このふたり、本当にどんな関係だったんだろう？）

興味は尽きないが、聞いたら聞いたで大変なことになりそうだったので、そこはあえて気にしないことにした。

「そう……だったら仕方ないわね。智ちゃんが離れていくのは寂しいけど、そこは大人になったってことで……母さんも納得するわ。でもね、綾ちゃん……ひとつだけ、どうしても許せないことがあるの？」

「え、ええっと……何で、しょうか？」

「今回の一件。智ちゃんを巻き込んでおきながら、あの体《てい》たらくは、いったいどういうことなのかしら？　綾ちゃんの計画が隙だらけだったせいで、智ちゃんだけでなく、後輩のナースさんまで危険な思いをすることになって……そのへんはちゃんと、反省してるの？」

「も、もちろんです。智己くんとお姉サマが来てくれなかったら、どうなっていたか想像もできなくて……その点は当然、すっごく反省してます」

「そう。だったら……お仕置きされたとしても、文句はないわね」

「お、お仕置き？　お姉サマの、お仕置き……………ハァ、ハァ、ハァ」

珠実の言葉を聞き、スイッチが切り替わったかのように、綾奈の雰囲気が変わる。

その顔は色っぽくて妖艶で、智己は思わず生唾を飲んでしまった。

「あら、どうしたの？　綾ちゃんってば、急にお股をモジモジさせちゃって……お仕置きされるっていうのに、もしかして悦んでるの？」

「い、いえ、そんな……ハァ、ハァ……あの……うぅ……許してください、お姉サマぁ」

「だーめっ。ねえ智ちゃん、悪いけど綾ちゃんに場所を空けてくれる？」

「う、うん……」

珠実に言われるがまま、智己はベッドから降り、近くの丸椅子に腰を下ろす。

入れ替わりで命令を受けた綾奈が、仰向けでベッドの上に寝転がった。

「それじゃあ綾ちゃん。あの頃みたいに……たっぷりと、お仕置きしてあげるわね」

「ハァ、ハァ、ハァ……あぁぁ……お姉サマぁ……」

そうして智己の目の前で、濃密で濃厚なお仕置きが始まったのだった。


「あぁぁぁッ……お、お姉サマぁぁッ」

「まあ。綾ちゃんったら、もうこんなに濡らして……本当に、いやらしい身体なんだから」

「そんなぁ……ウチの身体をそんなふうにしたのは、お姉サマじゃ……んんんんッ」

「ふふっ。可愛らしい子」

生唾を飲む音が、脳内に響き渡った。

智己の目の前で、服をはだけ下着を脱ぎ捨てた綾奈が、大股開きで涙を流している。といっても、辛くて泣いているというわけではない。

むしろ逆。綾奈の身体は快楽によって、歓喜の涙を流していたのだった。

「綾ちゃん、随分と欲求不満なのね。ちょっと触っただけでこんなに濡らして……昔よりも、感じやすくなったのかしら？」

「はッ、はうッ、ふわぁぁぁぁッ……待ってッ。お姉サマぁ……そこは……あぁぁぁぁッ」

淫らに着崩された綾奈のナース服。

大きく開いた股の中心で、ピンク色の淫肉がヒクヒクと息をしている。

珠実は綾奈の背中に片腕をまわし、まるで楽器を奏でるように繊細に、成熟したメスの身体を弄んでいた。

初めて直視する綾奈の膣穴に、珠実が指を突っ込んでいく。

母親の指が、恋人のメス穴を淫らに愛撫している。

現在の状況を理解すればするほど、智己は興奮で声が出なくなっていった。

「ほら、どう？　智ちゃん……綾ちゃんのココ、じっくり見たことある？」

珠実の指が、テカテカと光る綾奈の割れ目をパックリと左右に拡げる。とろっとした淫蜜が割れ目から流れ落ち、すぐ下にあったアナルが淫蜜によって妖しく濡れた。

「いっぱい濡れてヒクヒクしてるでしょう？　ふふっ、綾ちゃんはこうされることを期待して……とっても興奮してるのよ」

息子に教育を施す母親の顔をしたまま、珠実が人差し指で、ぷっくりと膨らんだ綾奈のクリトリスを押し潰す。

「うぅぅッ、うくぅぅぅッ……み、見ないでぇッ。あッ、んぁッ……智己くん。そんな興奮した目で……ウチの恥ずかしいところ、見ないでぇぇぇ」

哀願するような叫び声だったが、かわいそうという気持ちにはならなかった。

それどころか、快感で喘ぎ悶える綾奈の姿を、智己は美しいと思ってしまった。

「駄目よ、これはお仕置きなんだから。恥ずかしいかもしれないけど、我慢しないと。そうじゃないと……罰にならないわよ」

そう言って、今度は空いていた指で綾奈の乳首を転がす。

その指使いは、経験が浅い智己が見ても、上手だと思うくらい絶妙なものだった。

「あッ、駄目、駄目ッ、駄目ぇぇぇぇ……そ、そこは許してッ……んひぃぃぃぃぃぃッ」

乳首とクリトリスへの同時攻撃により、綾奈の下半身がビクンと跳ね上がる。

廊下に響くほどの声だったが、珠実が慌てることはない。この程度の反応は計算済みと言いたげに、穏やかに微笑み続けるだけだった。

「うふふっ、綾ちゃんの弱いところや情けないところ、ぜ～んぶ智ちゃんに見てもらわないとね。そうしないと、本当の意味でふたりは、対等な関係になれないもの……だからほら、綾ちゃん。智ちゃんが見てる前で……もっと自分をさらけ出すのよ」

ゆっくりとした話し方とは対照的に、攻撃性すら感じるほどの速さで、珠実が激しく指を動かす。

乳首とクリトリスの形が変わり、綾奈の表情が淫らに歪む。

何度か身体を重ね合ったことで、綾奈のすべてを知ったつもりになっていたが、それはほんの一部でしかなかったということを思い知る。

(僕とのエッチでは、いつも余裕を見せていた綾奈さんが、こんな顔をするなんて……母さんの指って、そんなに気持ちいいのかな？)

赤ん坊のような体勢で、珠実に手コキをしてもらったことを思い出す。

安心感と幸福感のなか、母親が与えてくれた圧倒的な快感が身体に甦ってくる。

すでにビンビンに勃起しているペニスが、刺激を求めて躍動する。智己は両手を使って勃起ペニスを押さえ、何とかしてその衝動を抑え込もうとした。

「やッ、やぁぁぁッ、あふッ、あぁぁんッ……駄目ぇぇぇッ。イッちゃう、イッちゃう、イッちゃうぅぅぅ……お、お姉サマぁぁッ。ウチ、ウチもうイッちゃうッ。んんんんッ。イ、イッてもいいですかぁッ？」

叫ぶような綾奈の懇願を、珠実が一笑する。

「ふふっ。ダーメ」

珠実の指が止まる。それによって、凄まじい飢餓感が綾奈を襲ったのだろう。

「そ、そんなぁぁぁぁ……はひ、はひッ、ふひぃぃぃぃ」

自分を満たしてくれる快感を求め激しく腰を振る綾奈の姿は、発情期の動物のように、無様なものだった。

「簡単にイッちゃったら、お仕置きにならないでしょ？　それに智ちゃんだって……綾ちゃんにお仕置きをしたいみたいだから」

突然の指名にドキッとする。

狂うほどに綾奈を感じさせておきながら、珠実はしっかりと、智己の興奮に気づいていたようだった。

「智ちゃん。突然で悪いんだけど、母さんのカバンを開けてくれる？」

「う、うん」

断る理由がなかったので、智己は素直に、そばに置いてあった珠実のカバンを手に取り、中を確認してみた。

「こ、これって………」

驚きで声が出なくなる。

そこにあったのは、真珠のような玉を縦に繋げた謎の道具と、小さな容器に入ったトロトロの液体。お尻を責めるためのアダルトグッズ——アナルビーズと、それをスムーズに使うためのローションであった。

「こ、こんな物が、何で母さんのカバンの中にッ？」

息子にアダルトグッズを見られたというのに、珠実が動揺することはない。

母としての威厳を保ちながら、丁寧な口調で説明を始める。

「言ったでしょ。懐かしい顔を見ちゃったせいで、昔の血が騒いじゃったって……それで、綾ちゃんが智ちゃんに何かするようなことがあれば、お仕置きとして使おうと思ってたんだけど……ちょうどいい機会だから、智ちゃんに使い方を教えてあげるわ」

生身の女性を使った、母親による直々の性教育。

フィクションであれば文句なしに興奮する場面だが、リアルとなると、さすがにためらいを覚えてしまう。

「そ、そんなこと急に言われても……」

「大丈夫よ。綾ちゃんはお尻の穴が弱点なんだから……智ちゃんがそれを使ってイジメたところで、怒ったりはしないわ。それどころか……あまりの気持ち良さに、智ちゃんの虜になるはずよ」

「あ、綾奈さんが……僕の……」

セリフの意味を完全に理解し、あらためて綾奈のことを見る。

「だ、め……そんなの絶対に……駄目だからね、智己……くん……」

嫌がりながらも、その瞳は期待でキラキラと輝いていた。

初めて綾奈に性的な悪戯をされたときのことを思い出す。

口では嫌と言っておきながら、胸の奥は期待で打ち震えていた。もっと気持ち良くしてほしい。もっと卑猥なことをされたいと、心の奥で密かに願っていた。

いまの綾奈はそのときの自分と同じだ。

もっとエッチなことをしてほしい。本当は、そう願っているのだ。

「綾奈さん……いますぐ、気持ち良くしてあげますね」

「あぁぁぁ……や、やめて……やめてぇ……」

ローションでアナルビーズを濡らし、先端を綾奈のアナルへと押しつける。

綾奈自身がこれを望んでいるという確信を胸に、智己は持っていたアナルビーズを綾奈の奥へと挿し込んでいった。

「あううぅッ、くぅぅぅッ……ダメぇぇ……んくぅ……もう、やめてぇぇぇ」

拒絶の言葉とは裏腹に、スルスルとアナルビーズが飲み込まれていく。

その光景を見た珠実が、綾奈の耳元で静かにささやいた。

「うふふっ。これだけスムーズに入っちゃうってことは、私とお別れしたあとも、お尻でイタズラするのがやめられなかったのね？」

「うぐッ……そ、そんなこと……ハァ、ハァ、ハァ……ないッ……はうぅぅぅぅんッ」

「あらあら、全部入っちゃったみたいねぇ。さすが綾ちゃんのお尻、食いしん坊だわ。それじゃあ智ちゃん……このあと、どうすればいいかわかるわよね？」

アナルビーズを握り締めながら、息を切らし喘いでいる綾奈の瞳を見つめる。

「あぅぅぅ……智己くん……駄目……お願い。迷惑かけたことは……謝るから……それ以上、ウチのお尻……イジメ、ないでぇ……」

憐れみを誘う視線と声に、良心が苛《さいな》まれる。

智己ひとりだけだったら、これが前戯だということを忘れ、大急ぎで綾奈に謝罪の言葉をかけたことだろう。

「もお～、智ちゃんの優しさにつけ込んだりして……そういうの反則よ、綾ちゃん。昔からそうだったわよね。謝っても許してもらえない、嫌がってるのに無理やりヤラれる……そんなシチュエーションのほうが燃えるのよね？　綾ちゃんは……」

「そ、そんなこと……」

静々《しずしず》と否定の言葉を口にする綾奈だったが、割れ目からは、誤魔化しきれないほどの愛液が垂れ流れていた。

(母さんの言うとおりだ。綾奈さんは間違いなく、お尻をイジメられて……感じてる)

アナルビーズを握る手に力が入る。

チラリと視線を飛ばしニッコリと微笑むと、珠実は何かの合図を送るかのように、綾奈の乳首を強く摘まみ上げた。

「——智ちゃん、やっちゃいなさい。綾ちゃんを……イキ狂わせてあげなさいッ」

珠実の指示と同時に、挿し込んでいたアナルビーズを一気に引っ張る。

「んあぁぁぁぁぁぁぁぁぁぁッ……あッ。あぁぁッ……あぁッ……やぁぁぁぁぁぁッ」

目の前でお尻の穴がめくり上がり、下品な低音が鳴り響く。

「駄目、駄目駄目ッ、駄目ぇぇぇぇ……イクッ。イックッ……うぐッ、イッちゃうッ」

軽い力でもう一度アナルビーズを挿し込み、同じくらいの力で素早く引き抜く。

「イヤぁぁぁぁぁぁッ……お尻でイクとこ、見られちゃうぅぅぅ……ぐッ、んッ……

「イ、イ、イ…………イクぅぅぅぅぅぅぅぅぅぅぅぅぅッッ」

智己自身は、そこまで凄いことをしたとは思っていなかった。

きっと、母である珠実の愛撫と雰囲気作りが相当効いていたのだろう。

二度か三度、アナルビーズを抜き挿ししただけで、綾奈は動物のように哭《な》き叫《さけ》び、膣穴から淫らに潮を噴きイキ果ててしまった。

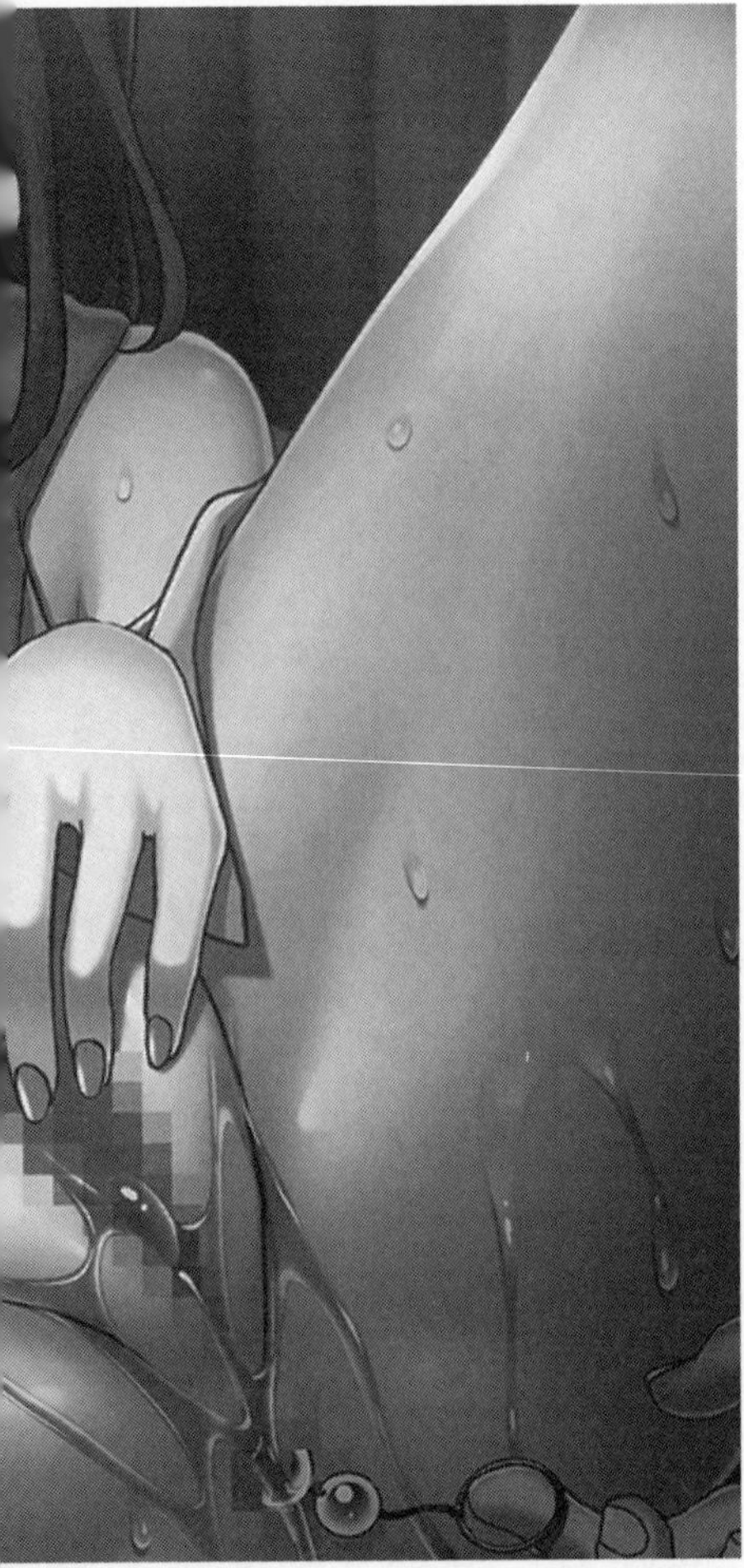

「うぅ……み、見られた……智己くんに、見られちゃったぁ……ア、アナルでイクとこ、見られた……こんなのウソぉぉ……んふッ、んひぃぃぃんッ……」

余韻で震える綾奈の膣穴から、ビュビュッと潮が噴き出していく。

「ふふ……本当に、呆気なくイッちゃったわね。私がしてあげたときだって、一回でイッたりはしなかったのに」

「だ、だって……うぐ……お姉サマぁ……」

「あら？　そんなふうに物欲しそうな顔しちゃって……智ちゃんが見てる前でメス豚のように無様にイッておきながら、まだ満足していないのかしら？」

我慢できないといった様子で、綾奈が恐る恐るうなずく。

「そう……でも駄目よ。気持ちいいのはここまで。これはあくまでも、綾ちゃんに対するお仕置きなんだから……疼いた身体を持て余しながら、そこで反省してなさい」

「そ、そんなッ……お姉サマッ」

おっとりとしているが、冷たく迫力のある声で、珠実が綾奈のことを突き放す。

次は何をするつもりなのかと、黙って様子を窺っていると、おもむろに珠実が着ている服を脱ぎ始めた。

「か、母さんッ？」

智己の声を無視し、すべての服を脱ぎ捨て珠実が全裸になる。

綾奈に負けず劣らず、豊満で魅力的な女の肉体。母親が相手だというのに、いや、相手が母親だからこそ、智己は恥ずかしくて、その肉体を直視することができなかった。

「はい。お仕置き中の綾ちゃんはベッドから降りて……智ちゃん、こっちにいらっしゃい」

いまにも泣き出しそうな発情顔のまま、綾奈がベッドから降りる。

入れ替わりで智己がベッドのそばに立つと、珠実は全裸という格好のまま、さっきまで綾奈が喘いでいたベッドの上へと飛び乗った。

「ここまでよく我慢したわね、智ちゃん。ご褒美として……今度は母さんが、智ちゃんの大きくなったオチンチンを、良い子良い子してあげるわ」

「そ、それって……」

ふしだらな想像をしてしまい、膨張しきった股間がさらに熱くなる。

「で、でも、親子でそんなこと……それに綾奈さんが、すぐそばにいるっていうのに……」

珠実が綾奈を一瞥する。

綾奈は何も言うことなく、親に怒られて反省する子供のような顔をしているだけだった。

「綾ちゃんのことは気にしなくてもいいのよ。これはお仕置きなんだから……綾ちゃんも、そのへんのことはちゃんとわかってるわ。ねぇ、綾ちゃん」

「うぅぅ……はい」

子犬のように素直な綾奈。あくまでも想像だが、過去に相当躾けられたのだろう。

「そういうことだから……いらっしゃい、智ちゃん。綾ちゃんが見てる前で……綾ちゃんが羨ましがるくらい……気持ちいいこと、いっぱいしてあげるわ」

「気持ち、いいこと……ゴクッ」

すでに智己の我慢は限界に達していた。それでも前に踏み出すことができないのは、相手が母親だという意識があるからだ。

(だ、駄目だ……どれだけ魅力的だとしても、母親を相手にそんなことをするなんて……それに綾奈さんと僕は恋人同士なんだ。本人が許可してくれたからといって、恋人である綾奈さんが見てる前で……そんなこと……)

常識と理性が身体を縛り、その場から動けなくなる。

そんな智己に、全裸の母親が優しいキスをしてきた。

「何も心配することはないわ。これは……智ちゃんにとってのお勉強なの。女の子を感じさせる仕組みを覚えて、大切な人を幸せにする。これはそれを学ぶための、実践練習のようなものよ。智ちゃんだって……されるがままは嫌でしょ？　男の子なんだから、好きな女の子を、気持ち良くしてあげたいって思うでしょ？」

「それは………うん。思うけど……」

「だったら母さんと、一生懸命お勉強しましょうね。綾ちゃんだって、それを望んでるはずよ。だって綾ちゃんをそんなふうにしたのは……母さんなんだから」

最後の確認のつもりで、そばにいる綾奈のことを見る。

綾奈は観念した顔で、言葉もなくうなずくだけだった。

(そっか……それが結果として、綾奈さんのためになるんだったら)

抑えていた欲望が解き放たれ、勃起力へと変わる。

雄々しく勃起する息子の姿を見た珠実は、うっとりとした顔で桃色の息を吐くのだった。

「あッ、ああッ、いい、いいのぉッ……おあッ、あぁぁッ、あはぁッ……あッ……すっごく、すっごくいいッ。んくッ……母さん、智ちゃんのオチンチンに夢中になっちゃうッッ」

夜の病室に、メス堕ちした女性の声が響き渡る。

それがよく知っている女性――自分の母親の声だと思うと、背徳感を含んだ快感により、智己の肉棒はますます強靭になっていくのだった。

「はぐッ、うぐッ、うあッ、あぁぁッ……あッ、当たるッ、当たってるぅぅ……うぐぅ、智ちゃんのオチンチン……奥に当たってるぅぅぅぅぅぅ」

母親の膣穴から、コンドームを被った肉棒が出たり入ったりしている。

足を怪我している智己を気遣い、珠実が選んだ体位は後ろ向きの騎乗位だった。

汗をかいた背中と、ヒクヒクと震えるお尻が丸見えになっている。珠実が大胆に腰を動かすたびに、たわわな乳房がダイナミックに揺れていた。

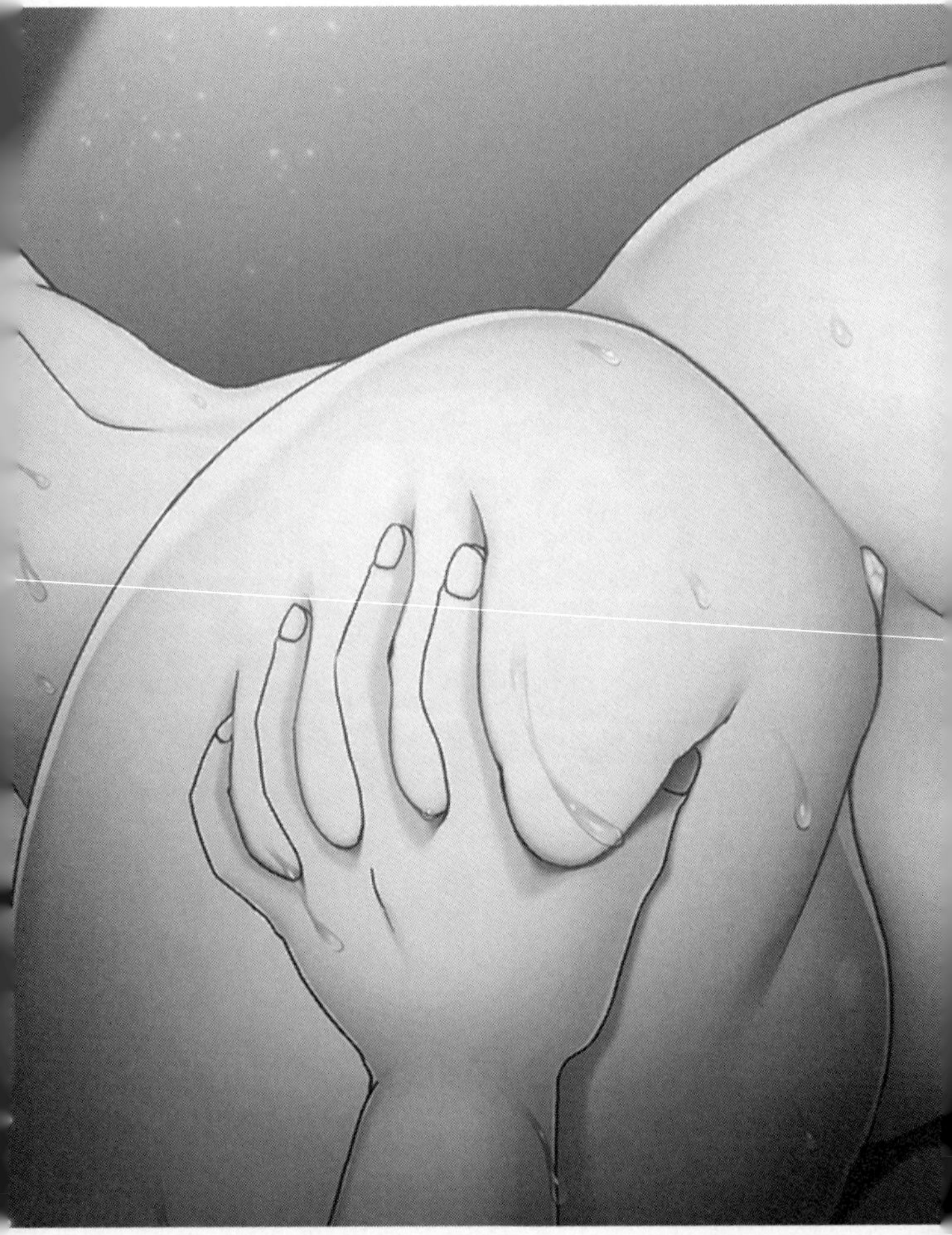

「う、嘘ぉぉぉッ……そんなッ……智ちゃんのオチンチン……お、オチンポッ……さっきよりも、膨らんで……あぁぁッ、はぁぁぁぁぁんッ」

「だ、だって……目の前でこんなの見せられたら……ハァッ、ハァッ……」

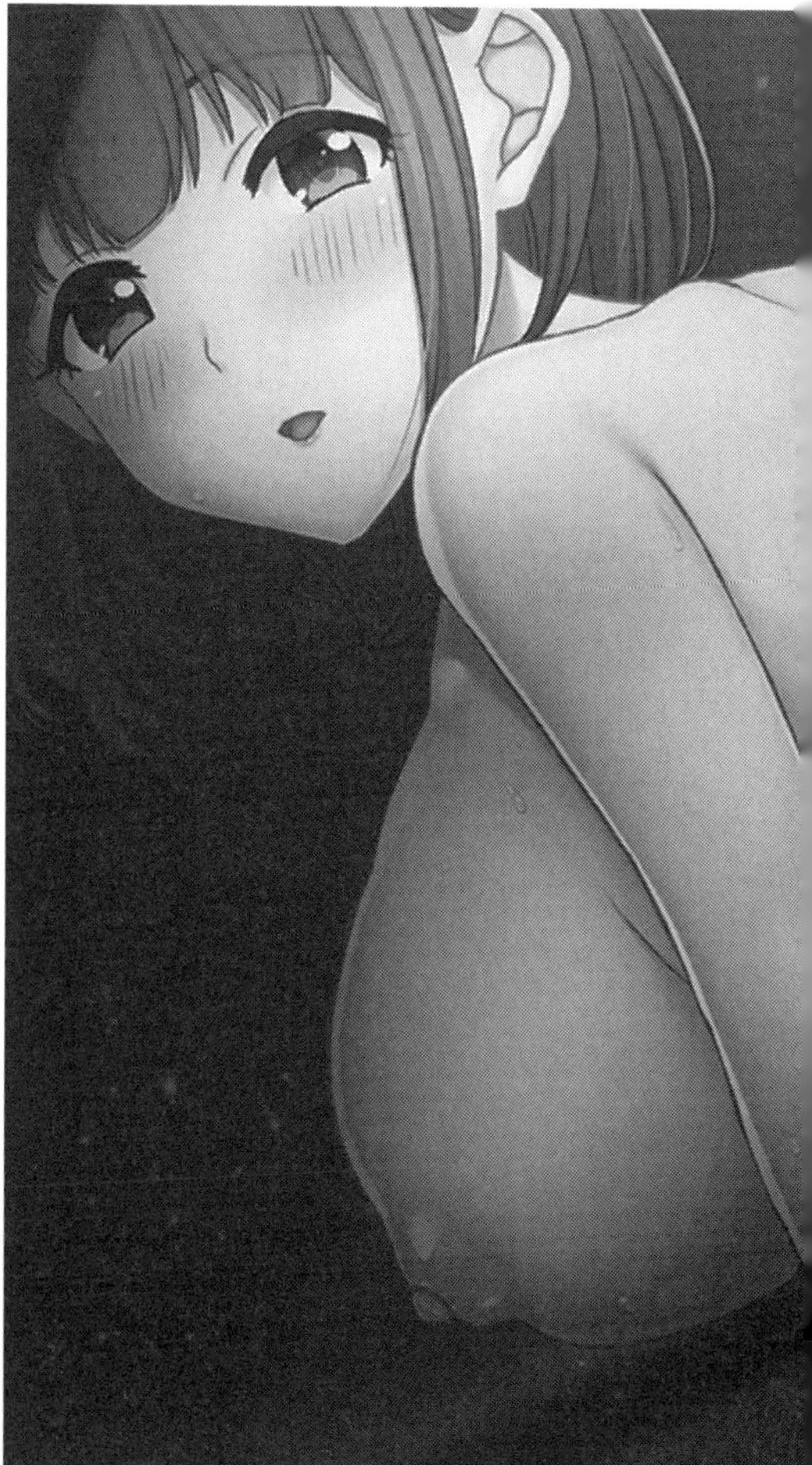

何度も綾奈とセックスをしたことで、快感に対してそれなりの耐性が身についているはずだった。しかし、今回のセックスは何かが違う。

どれだけ夢中になったところで、頭のなかから背徳感が消えてなくなることはない。背徳感を意識するたびに、火花のような快感が身体を襲う。それは綾奈とのセックスでは感じることのできないもので、徐々にではあるが確実に、智己は背徳感を含んだセックスの虜になりつつあった。

「ハァ、ハァ、ハァ……凄い。智己くんと、お姉サマのセックス……親子なのに、バキバキに勃起したオチンチンと、グチョグチョに濡れたオマンコが……気持ち良さそうにキスし合って……あぁぁ……だめぇぇ……エッチ過ぎて、頭、おかしくなりそう」

智己と珠実の親子セックスを前に、綾奈は我慢できずにオナニーを始めていた。

綾奈の手が、自分自身の乳房をグニャグニャと揉みしだき、クリトリスをプニプニと押し潰している。

母親とセックスをしながら、恋人のオナニーを観賞する。

非日常的な状況が、智己の思考を狂わせていく。

「智ちゃん……興奮、してるの？　母さんの身体で……んぁあッ、あッ、はぁぁぁぁんッ、オチンチン硬くして……興奮……あぁぁんッ……してるの？」

「そ、そうだよッ……母さんのお尻や、オッパイが……綺麗、過ぎるから……」

「やぁ〜ん……エッチ……んふ、んんッ、ふぅぅんッ……母親のお尻で興奮するなんて、ハァ……智ちゃんの、エッチぃ」

「あっ。ま、待ってッ……そんなに動いたらッ……んんんんんッ」

愛する息子に見せつけるように、珠実がお尻を上下左右に振りまわす。

身体の奥から快感が吸い上げられ、下半身がビクビクと震えだす。何とかして耐えようと思った智己は、目の前にあった珠実のお尻を鷲掴みにした。

「きゃんッ……ふふっ、何て強い力……んッ……成長したわね、智ちゃん……ふぅ、ふぅ、ふぅ……ちょっと前までは、本当に女の子みたいだったのに……こ、こんなに、たくましく育って……んんんんんッ」

自分の指が、大きくて柔らかな母親のお尻をガッチリと掴んでいる。

放さないといけないと思うが、放すことができない。

「母さんのお尻……凄く、柔らかい……」

手のひらに伝わる感触をもっと愉しむため、智己は母親のお尻を、本能に従い力強く揉みまわすことにした。

「あぁんッ、やんッ……もうっ。お、お尻なんかにイタズラしてぇ……と、智ちゃんの触り方……ハァハァ……エッチ、だわ。普段はあんなにいい子なのに……んくッ……お尻の触り方、エッチ過ぎるぅぅ」

「か、母さんのお尻がいやらしいからだよッ」

「まあ……ひ、人のせいにするなんて……ふぅふぅ、んんッ……何て、悪い子……でも、いいわ。智ちゃんだって……んぁぁッ……男の子、だもんね。ほかの女性に、悪戯しないように……好きなだけ、お母さんのお尻を……揉みなさい。あはぁぁぁぁぁぁッ」

長く肌が触れ合ったことで、珠実のお尻が熱を持ち、汗をかき始める。

汗でしっとりと濡れたお尻が手のひらに吸いつき、新たな快感が生まれる。

欲しかったオモチャを与えられた子供のような気持ちで、智己はお尻を掴む十本の指を好き勝手に動かし続けた。

「はぁぁぁぁぁぁぁ……母さんのお尻……じんわり、熱くなってきたわ……ハァ、ハァ、ハァ……あぁッ、駄目ぇぇぇ……お尻を揉まれてるだけなのに、こんなに感じちゃうなんて……息子の指で、こんなに気持ち良くなっちゃうなんてッ……」

息子の肉棒をがっぷりと咥え込んだ蜜壺が、射精を促すようにグネグネと蠢き始める。

湧き上がる衝動が身体を支配する。

智己は夢中になって動かしていた指を止め、ゆっくりと腰を突き上げた。

「ハァ、ハァ、ハァ……か、母さんッ……うぅぅ」

腰の動きが少しずつ速くなっていく。

もはや自分の意志では、どうすることもできない状態だった。

「ひゃぁんッ……駄目ッ。駄目よ、智ちゃん……智ちゃんは怪我人なんだから、そんなふうに激しく動いたら……んくぅぅぅぅぅぅ」

頭では自制しようと思っている。しかし、何度も綾奈と肌を重ねたことで、快楽の甘さを知った身体が止まることを許してくれない。

「で、でも……ハァハァ……腰が勝手に、動いちゃって……」

制御できない欲望が怖くなり、思わず情けない声が出てしまう。

当初は戒めようとしていた珠実だったが、智己の声を聞いたことで、本当の気持ちを理解したのだろう。

智己の腰遣いにリズムを合わせ、暴走気味だった快感を優しく制御してくれる。

「智ちゃんったら……母さんのオマンコ穴で、いっぱい感じてくれているのね……あッ、あふッ、ふぅうんッ……き、気持ち良くなってくれるのは嬉しいんだけど……ふぅ、ふぅふぅ……や、やっぱりここは、母さんが動かないと……あぁッ、んんッ、んくぅぅッ」

グネグネと脈動する膣肉でパックリとペニスを咥え込み、珠実がゆっくりと腰を上下に動かし始める。

「全部……全部母さんに任せて……ふッ、ぐぅッ、んくぅッ……ちゃんとオチンチンを気持ち良くして……ミルク、出させてあげるから……あぁぁぁぁぁんッ」

「でも……うぐぐぐ……腰がやっぱり、止まらないよッ」

「はうッ、あううッ、んぁぁぁぁんッ……と、智ちゃんッ。言うことを聞いてぇ……お願い。お願いよぉぉぉ……そうじゃないと母さん、感じ過ぎちゃうわッ」

母を困らせることは本意ではない。かといって、いまさらこの快感を手放すことはできない。となれば、もはや答えはひとつしかなかった。

「ハァ、ハァ、ハァ……なら、母さんも一緒に……気持ち良くなってよ」

「えっ？　智ちゃん……んひぃぃぃぃぃぃぃぃぃぃッ」

智己は開き直り、母ではなくメスとして、珠実を気持ち良くすることにした。

できる限り大きく動き、勃起ペニスで蕩けた膣壁を抉り上げる。

珠実の背中が仰け反り、男を狂わす喘ぎ声が口から溢れ出していく。

大好きな母親が自分の肉棒でメス堕ちした。目の前の現実を強く意識することで、震えるような快感が智己の全身を駆け抜けていった。

「うぅぅッ、うぁぁぁぁぁんッ……待って、待って、待ってぇぇ……と、届いてるッッ。智ちゃんの硬くて立派なオチンチン……届いちゃってるッ。ああッ、あんッ……母さんの駄目なところに、届いてるからぁぁぁぁぁ」

「大丈夫？　母さん……もしかして、苦しいの？」

上半身で母を気遣いながら、下半身で激しくメス穴を責め続ける。

「く、苦しくなんかないわッ……むしろ……あぁぁッ……凄くッ、凄くイイッ。すっごい、気持ちいいのぉぉぉぉぉ……駄目ぇぇ……気持ち良過ぎて、駄目なのぉぉぉぉぉ……こんなに感じちゃったら……お、おおぉぉおッ……母さん、夢中になっちゃうッ。オマンコ、智ちゃんのオチンチンで、おかしくなっちゃうのぉぉぉぉぉぉぉッ」

優しくて、温かくて、清楚で、大好きな母が——聞いたことがない声を出しながら、乳房を振り乱し、喘ぎ悶えている。

熱い気持ちが全身に拡がっていく。

いまの自分たちは母と息子ではなく、快楽を欲し淫らに腰を振るメスとオスなのだということを、はっきりと自覚した。

「母さん……そんなふうに怖がらないで、もっと素直に気持ち良くなって。僕、母さんを感じさせることができて、嬉しいんだ。だからいっぱい……気持ち良くなってほしい。母さんが感じてる姿を……僕だけに、もっと見せてほしいんだッ」

「きゅ、急にそんなッ、嬉しいこと……駄目ぇぇ。智ちゃんの言葉に、母さんのオマンコ悦んじゃってる。母さんが……智ちゃんを癒してあげるはずだったのにぃぃぃ」

「僕だったら、もう充分癒されたよ。母さんのオマンコ、最高だよッ……だから、もっとしたいんだ。大好きな母さんと一緒に……気持ち良くなりたいんだッ」

「んひぃぃぃぃぃぃ……らめぇぇぇぇッ。そんな嬉しいこと言われたら……」

背中越しに振り返り、珠実が艶っぽくて優しい笑みを向けてくる。

「い、いいわ、いいわ智ちゃんッ……好きになさいッ。ふぅ、ふぅ……好きなだけ母さんのオマンコで、気持ち良くなりなさい。母さん、全部受け止めてあげる、智ちゃんの気持ち、ぜぇーんぶオマンコで……受けとめてあげるからぁぁぁぁぁぁぁぁぁぁッ」

「ありがとう、母さん」

想いが重なり合ったことで、身体の動きがよりいっそう滑らかになる。

「あッ、あッ、あッ……あぁぁぁぁぁぁぁぁぁぁッ。凄いッ……智ちゃんのオチンポが、母さんのオマンコを突き上げてるッ。お腹の奥、ボコボコにしてるのぉぉぉぉぉぉッ」

「ご、ごめん、母さん……こんなに、乱暴にして……」

パンパンと、濡れた肉がぶつかり合う音が響き、荒れた呼吸音が口から漏れ出していく。肉欲を全開にしたからこそ聞こえてくる音が、ふたりの興奮を加速させていった。

「いいのッ、いいのよぉぉぉ……おぉぉッ、んあぁぁぁぁッ……うんと、乱暴にしていいのよ。智ちゃんのオチンポが、気持ち良くなるように動いてッ……智ちゃんのオチンポで、母さんのオマンコ気持ち良くしてぇぇぇぇぇぇぇぇぇぇッッ」

貪るような腰遣いがリンクすることで、快感の密度と大きさが増していく。

智己は横目でチラリと、そばにいる綾奈の様子を確認した。

「しゅごい……お姉サマと智己くんの、親子セックス……エロ過ぎて、見てるだけでウチの身体も……変になっちゃうッ」

智己たちのセックスをオカズに、綾奈はひとりで自分を慰めていた。

左手の指が乳房を強く掴み、右手の指が膣肉を激しくかきまわしている。赤く色づいた表情と腰の動きから、絶頂が近いことがわかった。

恋人の本気オナニーを観賞しながら、メス堕ちした母親を激しく責め上げる。

倒錯的な状況が快楽神経を刺激したことで、ついに智己もその瞬間を迎えた。

「くぅぅぅぅぅ……母さん、ごめんッ……もうッ、出ちゃうッ」

「いいのよ。我慢しなくていいから、オチンポミルク……いっぱい出しなさいッ。母さんのスケベ子宮マンコも、もうイクから……一緒に……一緒に……んひぃぃぃぃぃぃぃッ」

動物のように悶える母の声を聞きながら、灼熱の精子を膣内へと撃ち出していく。

ドロドロの精液が膣穴を満たすことで、珠実の肉体も達したようだった。

「イクぅぅぅぅぅッ……こんなイキ方ッ、初めてッ……オマンコのなかで、オチンポがビクビクしてるッ。素敵……素敵よ、智ちゃん……おほぉッ……ほぉぉぉお、おッ……わ、私ったら……何て声出してるの？　ま、まるで動物みたい……こんな声ッ……息子に、智ちゃんに聞かせちゃ駄目なのに……ひッ、ひゃんッ……イグッ、イグッ……ら、らめぇ。イッちゃう……んぐッ。イグぅぅぅぅぅぅぅぅぅぅッ」

身体をコントロールする機能が壊れたかのように、無様な顔で大きな声を上げ、珠実が淫らに激しくイキ果てる。

「そんなッ……あのお姉サマが、そんな情けない顔を見せるなんて……ら、らめッ。エロ過ぎてウチの身体も………んきゅぅぅぅぅぅぅぅぅぅぅぅぅぅぅぅッ」

そばで一部始終を見ていた綾奈の動きが止まり、割れ目から潮が噴き出していく。

満足そうなアヘ顔を晒しながら、ビクビクと身体を震わせる綾奈と珠実。

ふたりのイキ果てた姿を見ていると、不思議と智己も、幸せな気持ちになってきた。

「ハァ、ハァ、ハァ、ハァ……最高だったわ、智ちゃん。いつまでも、可愛い子供のままだと思っていたけど……立派に成長してたのね。母さん、嬉しいわ」

「そ、そんなことないよ。僕は母さんを気持ち良くするために、必死になって動いてただけで……そうだっ。綾奈さんは？」

快感の波が去り余力を取り戻した綾奈が、物欲しそうな顔でこちらを見ていた。

「うぅぅ……お姉サマ。見てるだけなんて……切な過ぎますぅ。もう充分反省しましたから……今度はウチにも、智己くんのオチンチンを……」

同じく余力を取り戻した珠実が、余裕溢れる態度で優しく微笑む。

「だーめっ。いまのは、智ちゃんを危険に巻き込んだ罰よ。まだ、可愛い智ちゃんに手を出した罰と、可愛い智ちゃんにエッチなことを教えた罰と、可愛い智ちゃんを独り占めしようとした罰と……とにかくいっぱい、受けないといけない罰があるんだから。もうしばらく、そこで反省していなさい」

口にしたのは、優しい笑顔に見合わぬ冷たい宣告であった。

「そんなぁ……手を出したっていっても、それは、あのぅ……」

心当たりがあり過ぎるからだろう。

ろくに反論できない綾奈であった。

「それじゃあ智ちゃん。智ちゃんが知らない気持ちいいこと……もっといっぱい、母さんが教えてあげるわね」

「え？　でも……」

「いいのよ。これは母親が行う、大切な性教育なんだから。全部母さんに……任せてね」

仰向けで寝ている智己に胸を押しつけながら、珠実が強烈に濃厚なキスをしてくる。

今度は一からじっくりと、息子にベッドマナーを教えるつもりなのだろう。

「お姉サマぁ……反省してますから、ウチも……」

「ふふっ。しっかりと反省することね。綾ちゃん」

そして夜が更けていく。

結局最後まで、綾奈と肌を重ねることはなく、珠実の熟れて疼いた肉体が満足するまで、智己は性教育という名目で徹底的に搾り取られるのであった。

第五章 甘エロな入院生活は終わらない

国会議員である肥田と、聖エルモ病院のナース長である志鶴の悪事が明らかになってから数日後。

取材にきたマスコミや興味本位のやじ馬により、当初は騒然としていた聖エルモ病院であったが、場所が病院ということもあり、いまではすっかり落ち着きを取り戻していた。

関係者だからこそ聞けた話として、綾奈が言うには——志鶴は肥田と共謀し、病院内の薬を横流しするということも行っていたらしい。

国会議員である患者と裏で繫がり、セクハラを揉み消し、脅迫に手を貸し、挙句の果てに薬の横流し。

解雇だけで済むはずもなく、志鶴は肥田と一緒に逮捕され、いまは裁判を待っているという状況にあるらしかった。

結果から見ると、病院内に巣くっていた悪を一掃したわけだが、立役者である綾奈が誇らしげな顔を見せることはなかった。

できる上司として、綾奈はナースとしての志鶴を尊敬していた。

その志鶴が、どうしてそんな真似をしたのか？

もしかすると自分が、欲とストレスに負けて、そういうことをしていたかもしれない。

志鶴の話をする綾奈は、いつも決まって悲しげな顔をしていた。

智己はそんな綾奈を精神的に支え、また綾奈も、そうやって励ましてくれる智己のことを頼りにしていた。

日が経つことで深まっていくふたりの絆。

恋人として確固たる地位を築き始めていた智己だったが、ふたりの関係性と綾奈の悪い癖だけは、いつまで経っても直ることがなかった。

◇◇◇

「ハァ、ハァ……綾奈さんッ。好きですッ、大好き……ですッ」

「キ、キミったら、何言ってるわけぇ……あふッ、んふッ……急に大好きだなんて……ト、トイレでエッチしながら、言うことじゃないよ……んぅぅぅぅぅぅぅッ」

「すみません……ハァ、ハァ……でも、本当にそう思ってるから」

「まったく……んんッ、んふッ、ふぅッ、んふぅぅぅんッ……智己くんってば、しょうがないんだから……そんなに……あんッ……ウチのことが好きなのぉ？　ウチみたいなガサツな元ヤンナースが……そんなに好きなの？」

「はいッ。好きです……綾奈さん、好きですッ。こんな気持ちになったの、初めてです」

そう言って綾奈の胸を強く揉みながら、智己はギンギンに勃起したペニスを、綾奈の膣穴深くへとねじ込んでいった。

駄目なことだとわかっていたが、智己たちは病院内のトイレで、激しく淫らにお互いの愛情を確かめ合っていた。

きっかけは、リハビリを兼ねた散歩だった。

担当ナースである綾奈が付き添い、ふたりはちょっとしたデート感覚で病院内の庭などを散歩していた。

天気が良く気温が高い日だったので、体調を崩さないように智己は小まめに水分補給をしていたのだが、結果としてそれが災いした。

散歩中に尿意を催した智己は、ナースである綾奈のサポートを受けトイレへと向かった。

智己にすれば何の下心もなかったわけだが、付き添いであるはずの綾奈には、溢れんばかりの下心があったようだった。

『大きな問題がなくなったっていっても、やっぱりナースっていう仕事は激務だから……たまには、彼氏と一緒にストレスを発散しないと』

『ここんとこ、ウチのシフトって夜勤ないんだ』

『智己くんの汗の匂い嗅いでるうちに、ウチ、もう我慢できなくなったんだよねぇ』

そう言って魅力的な顔で綾奈が誘ってきたので、智己も我慢することができなくなり、ふたりはトイレで交《まぐ》わうことになったのだった。

「あふッ、はぁぁぁぁ……んッ……そ、そんなこと言ってぇ……あッ、あッ……キミが本当に好きなのは、ウチのオッパイなんじゃないのぉ？」

便座に座る智己の上に、綾奈が背中を向けて座っている。

体位でいえば背面座位。怪我人である智己を気遣い、綾奈が選んだ体位だった。

「それは、その……確かに、そこも好きですけど」

「んもぉ～、どうしてそこで正直になっちゃうの？　ふふっ、本当に可愛いんだからぁ」

「すみません……」

セックスをするために着崩されたナース服。

綾奈のたわわな乳房が、外に放り出されている。

色気と美しさを兼ね備えた美乳が、ふたりの腰遣いに合わせプルプルと揺れる。これほどまでに魅力的な物体を前に、興奮するなというほうが無理だった。

「あふぅッ……んんッ……そ、そんなに好きなら……んッ……いいよ。智己くんの好きなように、オッパイ弄《いじ》っても……」

「え……あ、ありがとうございますッ」

綾奈の返事を待つことなく、両手を使って極上の膨らみを強く揉む。

「んあぁぁぁぁぁぁッ……も、もうっ、速攻で触ってきたぁ……ハァハァ……智己くんってば、マジでオッパイ星人なんだからぁ」

返事をしたほうがいいということはわかっていた。だが、完全発情状態の智己に、返事をするだけの余裕は残されていなかった。

狭い個室トイレが、ふたりの匂いと熱気で満たされていく。外の気温が高いということもあり、揉まれ続けた綾奈の胸に、大量の汗が浮かび始めていた。

「あッ、はぁぁぁんッ……智己くんの手つき、やらしい……んッ、凄い……エッチぃ」

「そ、その、これは汗で、ヌルヌルになってるせいで……」

手のひら全体に、ヌルヌルとした柔らかな感触が拡がっていく。

想像を超える気持ち良さに、逆に途惑いを覚える智己だったが、股間のモノはその感触を悦びパンパンに膨れ上がっていた。

唇を耳元に寄せ、淫魔を連想させる声で綾奈がささやいてくる。

「いいよぉ、エッチでも……んふッ、んん、はぁ……誘ったのはウチだから……智己くんの好きにしていいよぉ。気が済むまで……ウチのオッパイ、オモチャにして……もっとエッチに、ウチのオッパイ触ってぇ」

理性という名の鎖が、音を立てて砕け散った。

柔らかくて弾力のある綾奈の双乳を、汗で滑る指で思いっきり揉みまくる。

そこに相手を気遣う気持ちはない。

男の本能をむき出しにして好き勝手に、智己は綾奈の美乳をイジメまくった。

「はうッ、んんッ、はぁぁぁぁ……や、やだぁ……胸が、切なくなっちゃう。らめぇ、やめてぇ……先っぽ……乳首は、弄らないでぇ……」

それが、乳首を触ってほしいサインだということは、すぐにわかった。

聞こえなかったふりをして、智己は指を伸ばし、勃起した綾奈の乳首を強く摘まむ。

ひと際強い快感が身体を襲ったのだろう。綾奈の背中が反り返り、肉棒を咥え込んでいる膣穴がギュッと締まった。

「あッ……らめぇッ、やぁんッ」

「ごめんなさい。痛かったですか？」

「違うよ。痛くなかったけど……いまの、何？　ち、乳首でこんなに感じちゃうなんて、ウソでしょ……はぅぅぅぅんッ」

時間差で襲いかかってきた快感に負け、再度、綾奈の身体が跳ね上がる。

「あの、綾奈さん。だったらもう一回、やっていいですか？」

途惑いのなかに情欲を浮かべ、綾奈がうなずく。

「じゃあ……いきます」

今度は乳首を摘まむだけではなく、摘まんだ乳首を伸ばしたり、グニグニと指でこねくりまわしたりしてみた。

「んあッ、あぁぁんッ……やだぁッ。凄いッ……凄く感じるッ。こんなの駄目ぇッ。変になるッ。乳首気持ち良過ぎて……ウチの身体、変になっちゃうッ」

「あ、綾奈さん。感じてくれてるのは嬉しいんですけど……そんなふうに大きな声を出したら、外に聞こえちゃいますよ」

「んぐぅッ、んぁぁぁぁぁぁぁッ……いいのッ。聞かれてもいいのぉ……もう何でもいいから……もっと……もっとしてぇ。オッパイの先っぽ、もっと弄ってぇぇぇぇッ」

快感によって綾奈の理性が飛んだことで、智己の頭に冷静さが戻ってくる。

（これ以上長引かせたら、本当に誰かに聞かれるかもしれない。患者である僕は、怒られるだけで済むだろうけど、この病院のナースである綾奈さんは……）

説教だけで済むわけがない。最低でも謹慎。最悪、解雇という可能性も充分にある。

（それだけは絶対に避けないと。かといって、ここで中断なんて、綾奈さんが許してくれるわけないし……）

そうなると、選択肢はひとつだけだった。

一刻も早く綾奈を満足させ、最高のかたちでこのセックスを終わらせる。

決意を固めた智己は綾奈の乳首を淫靡《いんび》にイジメながら、力強く腰を突き上げていった。

「だッ、めぇぇぇぇぇぇぇッ……それ凄いッ。オッパイだけじゃなくて、オマンコも凄いことになっちゃうッ。感じちゃうッ……智己くんのオチンチンで、すっごい感じちゃうッ」

快感の強さを伝えるかのように、綾奈が全身を使って歓喜の声を上げる。

「綾奈さん……声、もう少し抑えて」

「だ、だってぇ……オマンコ勝手に、キュンキュンしてぇぇぇ……うあぁぁッ、んんッ、んんんんんッ……智己くんが、悪いんだからね……ハァ、ハァ、んんッ……ウチの乳首とオマンコ、こんなに気持ち良くして……パコパコしてるときに、好きだなんて言うから……ウチの身体、凄く悦んじゃって……んひぃいいいいいいいいッ」

「だったら僕、頑張って責任を取りますッ。これから……いえ、今後もずっと、綾奈さんのことを気持ち良くしますから……」

「うんッ。してぇ……ウチの身体……智己くんのバキバキに勃起した恋人チンポで、おかしくなるくらい気持ち良くしてぇぇぇぇぇぇぇぇぇぇぇッッ」

「んぐぐぐッ……出る……もう出ますッ」

ほとんど同時に、ふたりの衝動が限界を突破する。

撃ち出される子種と、余すことなく受け止める子宮。心と身体が完全に繋がり合うことで、ふたりは最高の快感を味わうことができた。

「ウチ、ウチッ、キミといっしょにイッちゃってるぅぅぅぅ……うッ、んくッ、あは、んあぁぁぁぁぁぁぁ……し、幸せぇぇぇぇぇぇぇぇぇぇぇぇぇぇぇぇッッ」

綾奈の膣穴が脈動を繰り返し、残っていた精液がすべて搾り取られていく。

余韻に翻弄され、まともに動くことができない。

個室内に漂う熱気を肌で感じながら、智己は自分と綾奈の荒い呼吸音を聞いていた。

「ふぅ、ふぅ、ふぅ……ふふっ、一緒にイケたね。智己くん」

艶っぽく濡れた瞳を向け、綾奈が唇を近づけてくる。

「ウチのためにいっぱい頑張ってくれて、ありがとね。智己くん……チュッ、ンチュ、ムチュッ、レロッ……チュッ」

耳、頬、首、唇、舌……丁寧に優しく、いやらしくねっとりと、綾奈が様々な場所にキスをし、溢れんばかりの愛情を伝えてくる。

「ハァ……うふっ。智己くんの首、しょっぱい……ウチらふたりとも、汗びっしょりだね。早く部屋に戻って拭かないと、カゼひいちゃうかも」

「ハァ、ハァ……そう、ですね。ハァ……」

ふたりとも、そうするほうがいいということはわかっていた。だが部屋に戻るということは、この時間が終わるということだ。

「智己くん…………チュッ」

別れを惜しむように、綾奈がキスをしてくる。

満足感と幸福感を胸に抱きながら。

智己はその想いに応え、綾奈との甘くてエッチなキスに没頭するのであった。

◇◇◇

人目を忍び、綾奈とは何度も肌を重ね合った。

そのたびに最高の快感と幸せを感じることができたが、やはり、時間や人目を気にして行うセックスでは、どことなく物足りなさを覚えてしまう。

ベッドの上で、ふたりっきりで、何も気にすることなく、大好きな人と快楽を貪り合う。

普通であれば簡単に行えることも、智己が入院中であるため、なかなか実現させることができないでいた。

だが、その望みは、絶対に叶わないというわけではなかった。

綾奈が夜勤の日。誰も来ない空き部屋。昂《たか》ぶりきった心と身体。

すべての条件が揃った夜に限り、ふたりは恋人同士として、誰もいない夜の病室を舞台に、甘エロな時間を過ごすのであった。

「ねぇッ、ねぇッ……チューしてッ。チューしてぇ……んんッ、んふッ、ふぅぅ……もうッ、早くチューしてよぉ」
下から伸びた綾奈の腕が、智己の首へと絡みついてくる。

智己は身体を落とし、綾奈の唇に熱い口づけをした。

「んむッ、ムチュ、チュブブ、ブチュゥウゥッ……んあッ。これ好き、好きぃ……智己くんとチューしながらエッチすんのヤバ過ぎッ。んんんんんんんんんッッ」

その言葉がウソではない証として、濃密なキスによって綾奈の膣穴が強く締まった。

ここに来てセックスを始めてから、いったいどれだけの時間が経ったのだろう。

思い出そうとするが快感が邪魔をして、満足に考えることができなかった。

誰もいない夜の病室。周りもすべて空き部屋なので、過剰に声を心配する必要はない。

ふたりともが全裸という格好。もちろん、普段の病室であれば絶対に許されない格好だ。

だからこそだろう。

ふたりの身体は、普段以上に昂ぶっていた。

「凄いッ。綾奈さんの膣内《なか》……いつもより、締まって……」

「ハァ、ハァハァ……何？　どうしたの？　こ、腰が止まっちゃったよ……もしかして、足が痛くなっちゃったの？」

「いえ、それは大丈夫です。膝で立ってるから、足は痛くないです」

お互いの顔を間近に感じながらの正常位。

　綾奈の腕と足が智己の身体をガッチリとホールドしているため、汗ばむ肌の熱さがダイレクトに伝わってくる。

「それじゃあ……もう、我慢できないっていう感じなのかなぁ？　お姉さんの膣内《なか》に熱いザーメン、ドピュドピュッって出したいの？」

　甘くささやき、綾奈が唾液にまみれた舌で耳を舐めまわしてくる。指摘どおり限界が近かった智己は、下半身に力を込め、湧き上がってくる精液を押し戻した。

「ハァ……それは……」

「あ、あのまま腰をズコバコされてたら……ウチ、イケたんだけどなぁ」

　脳に響くような濃厚な耳舐めが続く。

　智己はそれが、綾奈なりのおねだりだと思った。

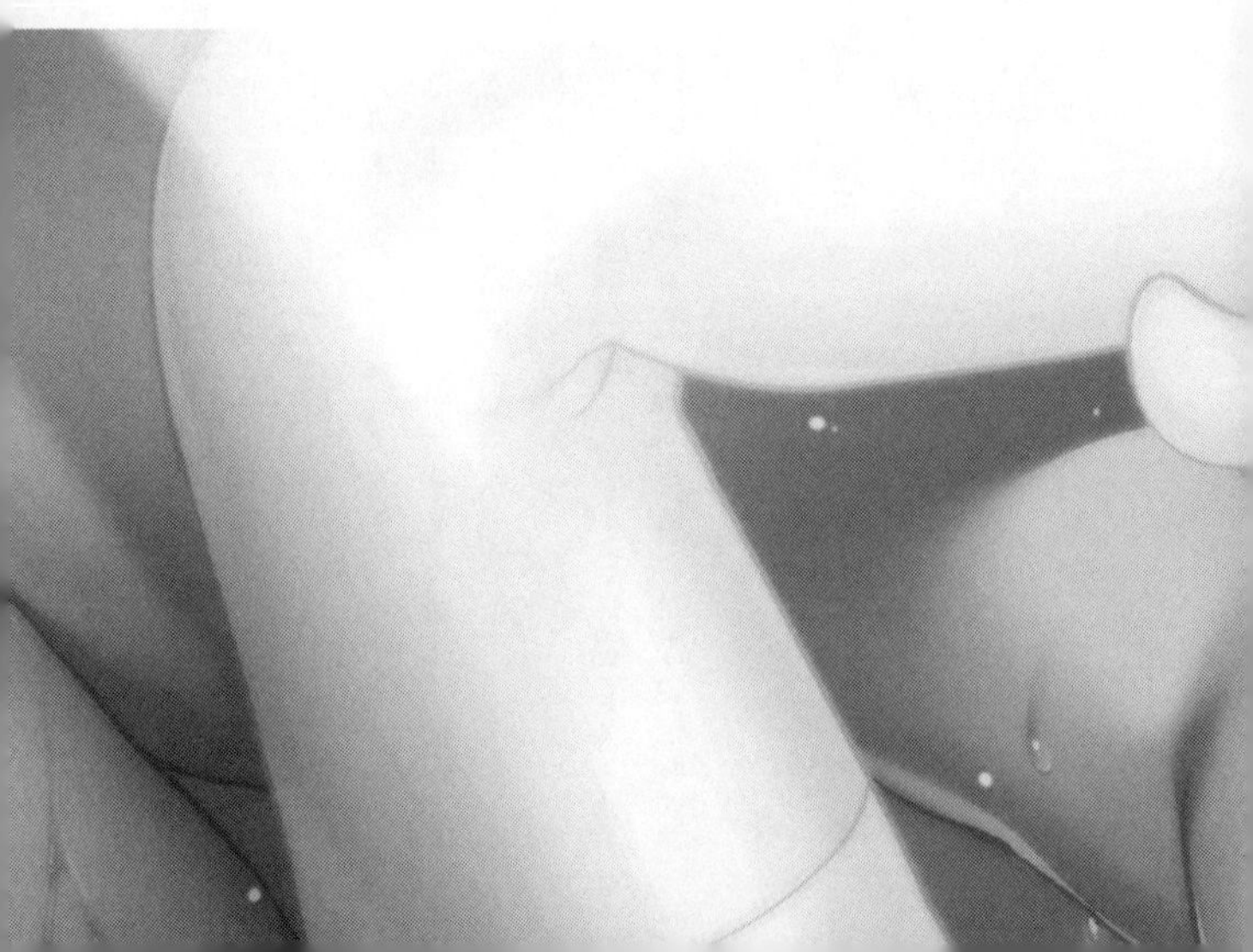

「大丈夫、です。まだ……出しませんッ」

綾奈の期待に応えたい。

その一心で智己は歯を食いしばり、綾奈を責めるためのピストン運動を再開する。

「あッ、あッ、あぁッ……も、もうっ。意地張っちゃってぇ……でも、んくぅぅぅッ……そういうところが格好いいよ、智己くん」

「綾奈さん……」

興奮の熱さとは違う、幸福による温かさが胸いっぱいに拡がる。

その想いを少しでも相手に伝えようと、今度は智己のほうから、綾奈の唇へとキスをした。

「はぷ、えぷぷ……ンチュ。ブチュぅ……あんッ。智己くんってば、積極的ぃ……チュッ」

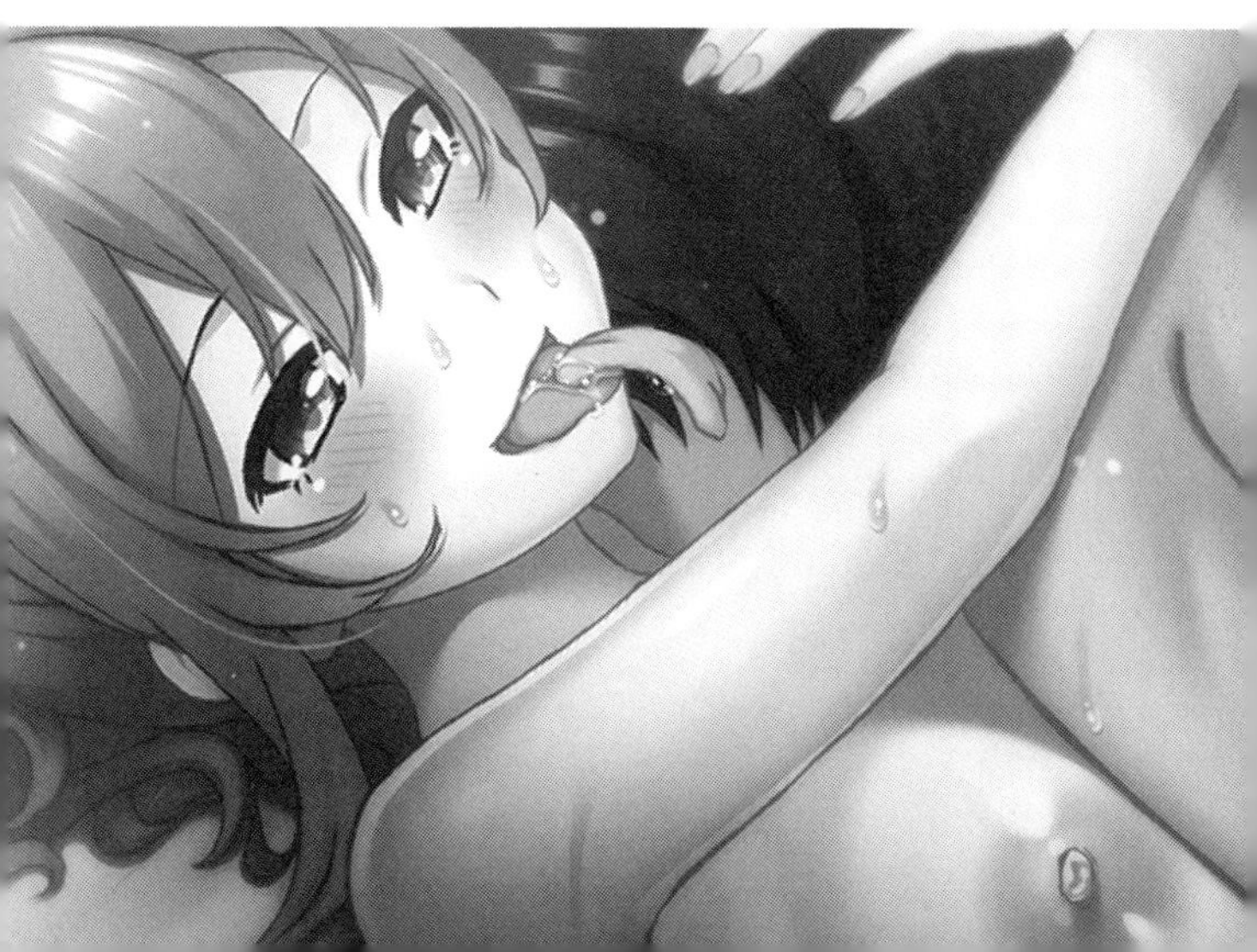

綾奈の口内に滑り込ませた舌を、相手のことなど考えることなく好き勝手に動かす。粘膜が触れ合うたびに、火花のような快感が身体のなかで炸裂する。思考が溶け、性感が研ぎ澄まされ、愛情が深まっていく。

自分は本当に綾奈のことが好きなのだと、いまさらながらに確信した。

「………ぷはッ。あぁぁぁッ、駄目ッ、駄目ぇぇぇぇッ」

キスから逃げるように顔を逸らし、綾奈がイヤイヤと首を振る。

「どうしたんです？　綾奈さん。何が……嫌なんですか？」

聞いてる間も、腰の動きを止めることはない。

膣壁の脈動を感じながら、綾奈の反応が鋭くなる場所を見つけ出す。見つけたらそこを、肉棒を使って丁寧に擦り上げていく。

「そんなのッ……んくぅぅぅッ……聞かなくても、わかってるくせに……んぁぁぁぁッ。も、もう駄目ッ、駄目なのぉぉぉぉッ」

「何が駄目なんですか？　はっきり言ってください」

ペニスを突き上げるたびに、綾奈が激しく悶え、動物のような喘ぎ声を上げる。

目の前の現実を直視することで、オスとしての自信が強まっていく。智己は快感に翻弄される綾奈の姿を、女の子として可愛いと思った。

「だからぁ……イッちゃうッ。もうイッちゃうからぁぁぁ……あッ、あぁぁぁんッ……もう駄目ッ。もうッ、駄目なのぉぉぉぉぉぉぉッ」

生唾を飲み込み下半身に力を入れ、見つけ出した綾奈の弱点を強く突き上げていく。

「んあぁぁぁぁぁぁぁぁッ……ちょッ、だ、駄目って……駄目って言ってんじゃんッ。ウチの弱いとこ、そんなふうにされたら……頭、変になるッ。オチンポとオマンコのことしか考えられない、スケベな女になっちゃうぅぅぅぅぅッ」

「なってくださいッ。そんな綾奈さんも、僕は大好きですから……そのまま感じまくって、スケベな女性になってくださいッ」

「やらぁッ……やら、やらッ。らめぇぇぇぇ……イッちゃうッ。イッちゃうからぁッ。あひ、あひ、あはッ……んひぃぃぃぃぃッ……待って、待ってぇぇぇ」

どれだけ激しく弱点を責めたところで、綾奈は素直に達しようとしてくれない。柄にもなく強気になったところで、やっぱり自分のテクニックでは、綾奈を満足させることができないのだろうか？

襲いかかってくる不安感を振り払おうと、智己はさらに激しく腰を振る。

「イ、イッてください、綾奈さんッ。我慢しないで……僕のでイッてくださいッ」

智己の身体をガッチリと掴む腕と足が、鉄のように硬くなり始める。身体の反応から絶頂が近いことがわかる。しかし綾奈が、その衝動を素直に受け入れることはない。

（間違いなく、綾奈さんはイキそうなはずなのに……どうして我慢するんだろう？　もしかして僕のことをまだ、男として認めてないんじゃ……）

ペットだと思っている男にイカされることは、プライドが許さない。

そんなことを思っているのかもしれないという、悪い想像が頭を過《よ》ぎる。

智己を苛《さいな》む不安感が、愛情を拒否されたときのような悲しさへとかたちを変える。

いっそのこと動きを止め、本音を聞き出そうかと思った瞬間。

無意識といった顔で、綾奈がその言葉を口にした。

「やぁぁぁぁぁッ。そんな……あぐぅッ……駄目……キミより先にイッちゃうなんて、そんなの駄目ぇぇぇ。先にイクなんて、ありえないッ……んきゅぅぅぅぅぅぅッ」

「何でです？　どうして、僕より先にイッたら駄目なんですか？」

「だ、だってぇ……この距離、この体位だと……イッてるときの顔、キミに見られちゃうもん。イッてるときの情けなくて格好悪い顔……キミに見られると思ったら……駄目ぇッ。恥ずかし過ぎるぅぅぅぅぅッ」

まるでひと目惚れのように、甘酸っぱい感情が胸のなかで爆発した。

綾奈の本音を聞いたことで、身体を重くしていた負の感情が、綺麗さっぱりと身体のなかから消えていった。

こうなったらもう、綾奈のイキ顔を見るまで止まることはできない。

最高の幸福感を味わいながら無様な顔でイキ狂う綾奈の姿を、何としても見たかった。

「み、見たいです……ハァハァ、綾奈さんのイキ顔、僕に見せてくださいッ」

迷いのない動きで、綾奈の弱点を徹底的に責め上げていく。

「いやッ、いやぁぁぁぁんッ……智己くんのスケベッ。ドエッチぃぃ」

可愛らしい雰囲気を残しつつも、みるみるうちに綾奈の顔から余裕が失くなっていく。

「やらぁぁぁぁ……イクッ、イクッ……このままだと本気で、イッちゃうぅぅぅぅッ」

シーツがズレるほど激しく身体を揺らしながら、強烈な力で綾奈が抱きついてくる。

ドロドロに蕩けた肉壺が強く締まり、智己のペニスを圧迫してくる。智己は必死になって射精を堪えながら、猛然と腰を振り続けた。

「もう駄目、もう駄目、もう駄目……駄目、駄目ぇぇぇぇッ……イクッ。イクイクイク、イッちゃ……んあぁぁぁぁぁぁぁぁッ……イクぅぅぅぅぅぅぅぅぅぅッ」

綾奈の全身が硬直し、小刻みな痙攣が始まる。

それは最後まで抵抗しようとした綾奈の意思に反し、肉体が快楽に屈した瞬間だった。

「あぁッ、あうッ、んあぁぁぁ……と、智己くんより、先にイッちゃうなんて……」

瞳に涙を溜めながら、媚びるような上目遣いで綾奈が見つめてくる。

「駄目……み、見ないで……イッてるときの顔、見ないでぇ」

相手が年上のお姉さんだという感覚はない。

愛らしいペットの、最高に可愛らしい姿を見たような気分だった。

「綾奈さん、凄く可愛いです……大好きですッ」

そのセリフを聞いた綾奈が大きく目を見開き、再び全身を硬直させる。

「そ、そんな、そんなこと言われたらぁッ……あぁッ、はぁぁぁぁッ……またイクッ。またイッちゃうッ……ウソ？　ウソウソウソッ。こんな続けてイッちゃうなんて……あッ、あッ、あッ……やらぁぁぁぁッ。また、イキュぅぅぅぅぅぅぅぅぅぅッ」

綾奈の背中が反り返り、これまでにない力強さで膣穴が脈動する。

「うぅぅぅ……あ、綾奈さん。僕もッ……」

綾奈がイッたのであれば、自分もそれに続くだけだ。

智己は肉棒を奥深くまで挿し込み、溜まりに溜まった欲望を解放した。

「んあぁぁぁぁぁッ……出てるッ。出てるぅぅぅッ……うぐッ。精子、精子出てる。智己くんのオチンチンが、ウチに種付けしようと……熱くてドロドロの精液……ウチの子宮に、いっぱい出してるぅぅぅぅぅぅぅぅぅぅぅぅッ」

膣穴の締めつけを感じながら、智己は灼熱の精液を吐き出し続ける。

「ウ、ウソぉ……こんなにいっぱいイッちゃうなんて……ウチの身体、どうなっちゃったの？　も、もう……イクことしか考えられないッ。智己くんのチンポとザーメンの感触をオマンコで感じながら……駄目ッ。またッ……イクぅぅぅぅぅぅぅぅぅッ」

智己自身も信じられないほど長々と射精が続き、受けとめきれなかった精液が結合部からドロドロと溢れ出ていく。

ガチガチに硬くなった身体で、綾奈が必死になって抱きついてくる。

それは痛みを覚えるほどの強さだったが、時間が経つことで、徐々に綾奈の全身から力が抜けていった。

「ハァ、ハァ、ハァ、ハァ、ハァ……やだぁ……ウチの身体、完全におかしくなってる。智己くんのことが好き過ぎて……アソコが、ずっとキュンキュンしてるぅ」

肉体の緊張が緩和されていくことで、頭を支配していた興奮が幸福へと変わっていく。

「綾奈さん……す、凄かったです。ふぅ……凄く、気持ち良かったです」

息を切らしながらも、綾奈が幸せそうな顔で言葉を返してくる。

「そんなの、ウチも一緒だよ。ウチも凄く……イッちゃったぁ。こんなにたくさんイかされちゃうなんて……ちょっと、悔しいかも」

下半身で繋がったまま、荒れていた呼吸を整える。

すぐそばで見る綾奈の顔は、直視することをためらうほど綺麗で魅力的だった。

「あの……綾奈さんの身体……その、キラキラしてて、すごく綺麗です」

「え？　もぉ～、何言ってんの。こんなの、汗でテカってるだけけっしょ。そんなこと言ったらキミの体も汗でびっしょりだし……風邪ひかないように、早く拭かないとね」

「そうですね」

行為後特有の甘い時間が流れていく。永遠に続いてほしい時間だったが、綾奈がそれを思い出し、突如として身体を起こす。

「――って、ヤバ、もうこんな時間。さすがにこれ以上、夜勤をサボるわけにはいかないから、もう行くね」

そう言って大急ぎで身支度を整え、綾奈がこの場を立ち去っていこうとする。

「それじゃあウチは行くけど……時間があったら、またこうやってエロくて気持ちいいエッチしようね。智己くん」

最後にそんな言葉を残し、綾奈が病室を出ていく。

残された智己は次のエッチを想像し、股間を大きくしてしまうのであった。

◇◇◇

綾奈との日々は順調のひと言だった。だが、何の悩みもなく、甘くてエッチな日々を満喫しているというわけではない。

「あの日」以来、母である珠実が、智己の恋愛関係について積極的に口を出してくるようになった。といっても、綾奈の悪口を言ったり、綾奈と会ってはいけないといった、過保護な母親が言いそうなことを言ってくるというわけではない。

『綾ちゃんはいい子だから、泣かせたら駄目よ』

『綾ちゃんにだったら、安心して智ちゃんを任せられるわ』

と、綾奈に対する評価は概ね良好で、どちらかというと積極的に、珠実は智己たちの恋愛を応援していた。

では何が問題かというと——「あの日」以来、珠実のなかで眠っていた女としての願望が、完全に目を覚ましてしまったのだ。

『智ちゃんはまだ子供だから、女の子の悦ばせ方をちゃんと勉強しないとね』

『綾ちゃん自身は純粋で一途なんだけど、身体のほうが欲しがりだから……ちゃんとお勉強して、綾ちゃんのことを満足させてあげないと駄目よ』

口にする名目はその日によって違う。珠実にすれば、説得力があるように聞こえれば、内容は何でもいいといったところだろう。

とにかくそんな感じで、珠実は「あの日」以来、積極的に性教育を施すようになった。

言葉や本などを使った、机の上で行う教育ではない。

それは女性の身体を使った、ベッドの上で行う実践的な教育だった。

「くすっ……いいわよ、智ちゃん……とってもいい顔してるわ。そのままアナルバイブでお母さんのエッチなお尻の穴、ズブッってして……いっぱい気持ち良くして」

全裸姿の珠実が、仰向けでベッドの上に寝転がり大きく脚を拡げていた。

大きく脚を拡げることで、珠実の大切な場所が丸見えになっている。それは出産を連想させるポーズで、智己はその正面に座り、母親の痴態を熱心に観察していた。

「で、でも……こんな物を、母さんのお尻のなかに入れるなんて……」

アナルバイブを握り締めたまま、智己は息を荒くしていた。

相手は母親なのだから、興奮しては駄目だ。

綾奈という恋人がいるのに、隠れてこんなことをするなんて許されない。

性教育が始まった当初は、そんなことを思い躊躇していた智己だったが、母である珠実が女になっていく姿を見続けたことで、それらの倫理観はどこかへと吹き飛んでしまった。

破裂しそうなくらい大きくなったペニスが痛い。

全裸で男を誘う珠実のことを、智己は母ではなく、女として意識していた。

「心配しなくても大丈夫よ。母さんだったら、もう準備万端だから……それに、ここまで準備が整った女性を前に、躊躇するなんて逆に失礼よ。智ちゃんは男の子なんだから、最後までちゃんとリードしてあげないとね」

「だけどやっぱり、僕には綾奈さんが……」

「こら智ちゃんっ。こういうときは、目の前にいる女性のことだけを考えないと駄目よ。いまは綾ちゃんのことは忘れて……母さんを、恋人だと思いなさい。それくらい真剣じゃないと、正しいベッドマナーは身につかないわよ。ふふっ」

それだと、性教育ではなく浮気になってしまうような気がしたが、いまさら珠実に、そういった説得が通用するとは思えなかった。

夜の病室で始まった性教育の授業。

最初は拒絶した智己だったが、強引ともいえるほどに積極的な珠実のアプローチにより、こういうことになってしまった。

『綾ちゃんが大好きな、お尻のイジメ方を教えてあげる』

珠実が口にした今日のテーマを思い出しながら、智己は目の前でいやらしくヒクついているお尻の穴に視線を落とす。

(こうなった以上……もう、覚悟を決めてやるしかないか)

高鳴る心臓と熱く火照った身体を意識しながら、アナルバイブを強く握りしめる。

これがいつかきっと、綾奈のためになるのだと信じて——。

智己は手に持っていたアナル専用のバイブを、母親の腸内へと挿し込んでいくのだった。

「あぐぐッ……………んぁぁぁぁぁぁぁぁぁぁぁぁッ」

珠実の背中が仰け反り、ウソのようにスムーズにアナルバイブが飲み込まれていく。

予想を超える反応に驚く半面、自分の行為によって女を満足させたという達成感が、身体全体に染み渡っていった。

「うくッ、うぅぅぅぅぅ……は、入ったわ……入っちゃったわよ、智ちゃん」

あくまでも優しく、温かく。

母親としての瞳で、珠実が見つめてくる。

「ほら、見てぇ……ふぅ……お母さんのアナルに、エッチなのが入ってるでしょう？」

「う、うん……凄い。母さんのお尻……凄く、エッチだよ」

吐息が届くくらいの近距離で、母親が股を拡げ、アナルとヴァギナを晒している。

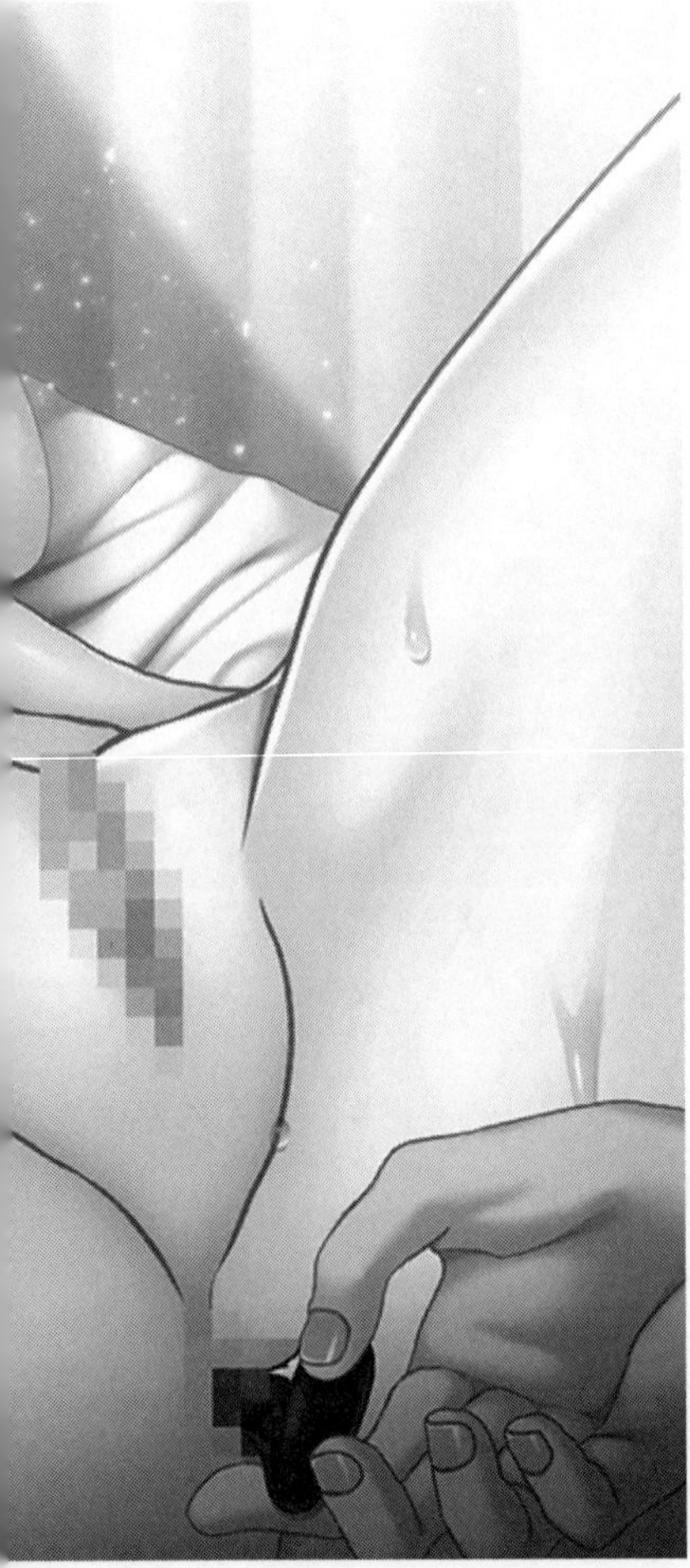

女性の肉体を使った実践的な性教育という名目で行っていることだが、もはや智己の頭にそういった概念は存在しなかった。

(母さんのアソコ……お尻にバイブを入れた瞬間から、物欲しそうにクパクパと動き始めて……凄い。本当にエッチだ。こんなエッチなものが、この世にあったなんて……)

性的好奇心が媚薬となり、智己の興奮度が跳ね上がっていく。このままだと完全に理性を失い、ただの動物になってしまいそうだった。

「焦らなくてもいいのよ、智ちゃん。智ちゃんがしたいこと……全部させてあげるから。まずは深呼吸でもして、リラックスしましょうね」

そんな息子をなだめようと、珠実が優しい声をかけてくる。

声を聞いたことで冷静さを取り戻した智己は、珠実に向かって、もう大丈夫だという意味の視線を送った。

「もう大丈夫みたいね。それじゃあ智ちゃん……まずは母さんのお尻に入れた、バイブを出し入れしてみて。オチンチンを、オマンコのなかでズボズボするみたいに……ふふっ」

軽くうなずき、母親からの指示を実行する。

押すことでアナルバイブが珠実のなかへと消えていき、引くことで再びアナルバイブが姿を現す。それを繰り返すことで、幾度となくお尻の肉がめくり返る。視界に飛び込んでくるピンク色の淫肉に、智己は経験したことがないほどの興奮を覚えた。

「はうッ、ふぅぅぅぅ……そ、そうよ。最初は優しく……いいわ……あぁッ、上手。とっても上手よ、智ちゃん……あぁぁ、はぁぁぁぁんッッ」

ヴァギナから溢れ出したトロトロの淫蜜が、バイブが出入りする珠実のアナルを淫靡に濡らしていく。

「ほら、智ちゃん……ハァ、ハァ……母さんの顔を見て。いま、母さん、どんな顔をしてるかしら？　ハァ、ふぅ……んッ……恥ずかしいけど、母さんに教えてくれる？」

生まれてから何度も見てきた母親の顔。

いまは汗と涙と唾液で濡れ、最高にいやらしいメスの顔をしていた。

「ううっ……その……す、凄くエッチな顔……してるよ」

途惑いや嫌悪感などは欠片《かけら》も存在しない。

自然の摂理を教えるような顔で、珠実が語りかけてくる。

「そ、そうでしょう……はうッ、んんんッ……き、気持ちいいから、こんな顔になっちゃってるのよ。そうやって、女の人の反応を見て……んふ、んふぅぅ……少しずつズボズボを強くするの……できる？」

「えっと……こ、こういう感じ？」

優しい語り声だったたからだろう。

智己は何の違和感も抱くことなく、アナルバイブを前後に動かす。

「あッ、あッ、あぁぁ……そうよッ。うぐッ、うぅぅぅんッ……凄く上手だわ、智ちゃん。あッ、あふッ、んふ、んあぁぁぁぁぁぁ……やだッ、本当に上手ッ……あッ、駄目ぇぇッ」

「え？　つ、強過ぎた？」

「んんんッ、そ、そうじゃないのよ、智ちゃん……あうッ、うふぅぅんッ……そのまま続けてッ。ズボズボしてッ……女は嘘つきだから……ハァハァ……駄目じゃなくても、駄目って言ったりするからッ……それをちゃんと……んあぁぁぁッ……見極めるのよ」

「それじゃあ……もっとしてもいいんだね」

教師の教えを実行する生徒のような気持ちで、アナルバイブを激しく動かす。

「あひッ、んひぃぃぃぃぃぃぃぃぃぃぃ……そ、そうよッ。そうよぉ……ハァ、ハァ、ハァ……そのまま……んぐぅぅぅぅッ……そのままスイッチを入れてッ。母さんのお尻をジュポジュポしてる……バイブのスイッチを入れてぇぇぇッ」

「え、ええっと。バイブのスイッチって……これかな？」

この先の展開を予想することなく、見つけ出したバイブのスイッチをオンにする。

智己がスイッチを入れたことで、お尻のなかに隠れていたバイブが小刻みに震え始めた。

「あぁぁぁぁぁぁぁぁぁぁぁッ……やッ、すッ、凄いッ、凄いぃぃぃぃッ。だ、駄目ッ、駄目ぇぇぇぇぇ……これ、気持ちいいッ。気持ち良過ぎるのぉぉぉぉぉぉッ」

母親がおかしくなってしまった。

そう思ってしまうほどの反応だったが、智己が取り乱すことはない。

「ハァ、ハァ……で、でも、本当は嫌じゃないんでしょ？」

それは、愛する息子とこういうことをするための建前だったのかもしれないが、珠実の性教育は、現実に智己を成長させていた。

狂ったように喘ぎ悶える女性を前にしても、智己が焦ることはない。丁寧に相手の反応を観察し、胸に秘めた本音を的確に読み解く。

「もっと……してほしいんだよね、母さん」

過剰にならない程度の力で、小刻みに震えるアナルバイブをジュポジュポと動かす。

「あうぅぅぅぅ……そ、そうよ、そうなのぉッ……おッ、おぁッ、あはぁぁ……本当は、嫌じゃないの……」

すると智己の予想どおり、珠実が嬉しそうに悶え始めた。

「智ちゃんにお尻の穴をジュポジュポされて、母さん、とっても感じちゃってるの……んひぃッ、あひぃいいいいいいいんッッ」

淫らな悲鳴を聞くことで、おぼろげだった感覚が男としての自信へと変わっていく。

母親からの性教育によって手に入れた、男としての自信を胸に、智己は手に持っているバイブを大胆に動かし続けた。

「あッあッあッあッあッ……駄目ッ。母さんッ、もう駄目ッ……イッちゃうッ。智ちゃんの上手な愛撫で……アナルバイブで、お尻の穴をいっぱい気持ち良くしてもらって……イ、イッちゃう。イッちゃうぅぅぅ」

絶頂が近いことを告げる、母親の淫らな叫び。

昔の智己であれば、どうすればいいかわからずアタフタと動揺したはずだ。

「イキそうなの？　母さん……このままお尻で、イキたいの？」

無駄に動きを止めたり、不必要な言葉を口にして、この場の熱を下げるような真似はしない。必要最低限の言動だけで、相手の状態と本音を確認する。

「あうぅぅぅ……いいわッ。母さん、もう我慢できないのッ。智ちゃんが見てる前で、お尻ジュポジュポでイキたいのッ。だからお願い、智ちゃん……エッチな母さんをイカせて。母さんをアナルで……イカせてぇぇぇぇぇぇぇ」

隠さないといけない淫欲を言葉にしたことで、珠実の反応がさらに鋭くなる。

イカせたいとイキたい。

ふたつの願いを同時に叶える方法は、もはやひとつしかなかった。

「ぐぐッ……んんぅぅぅぅッ。イクッ、イクぅぅ……アナル、アナルもうイクッ。もう駄目ッ。お腹の奥から来るビクビク……もう、我慢できないッ」

何の抵抗もなくスムーズに動くアナルバイブを使い、智己は容赦なく母親のアナルを責め上げていく。

垂れてきた愛液。溢れてきた腸液。染み出てきた汗。塗り込んでいたローション。様々な液体が混じり合うことで、珠実の股間が白濁色に染まっていく。

「はぐぅぅぅッ……もう駄目ッ。駄目ッ、本当に……だめぇぇぇぇぇ……」

何かを諦めたようなか細い声。

瞬きくらい短い時間、珠実の全身が弛緩する。

次の瞬間——絶頂を告げる声とともに、珠実の下半身がダイナミックに震え始めた。

「イク……イク……イクぅぅぅッ……んッ。イックぅぅぅぅぅぅぅぅぅッッ」

珠実の顔と背中が仰け反り、両足の先っぽがビーンと張り詰める。

大きく震える下半身の真ん中で、パックリと割れたヴァギナがピュッピュッと潮を噴き出している。

ほんの少しだけ見えた母親の顔。舌を出し、よだれを垂らしながらも、満たされきった女の顔で、心の底から幸せそうに微笑んでいた。

「ハァ……母さん、本当にイッちゃったの？」

「も、もちろんよ……あふぅぅ……智ちゃんが見たとおり、母さん、お尻の穴でイッちゃったわ。ハァ、ハァ、ハァ……智ちゃんが……んッ……母さんのことをイかせたのよ。うふふっ。凄いわよ、智ちゃん」

「母さん……」

母親に褒められたことを素直に喜ぶ智己だったが、不意に股間が痛んだことで、現在の状況を正確に思い出す。

誰もいない夜の病室。目の前には、全裸で股を拡げている母親。手にはアナルバイブ。母親を相手にギンギンに勃起した股間。

現実とは思えない。思いたくない。

それくらい、淫靡で倒錯的な状況であった。

「あっ、ええっと……もう、満足したんだよね？　だったら……あの……勉強のほうは、もう充分だと思うから……ええっと……」

一刻も早く日常に戻らなくてはいけない。

そう思う智己だったが、股間のモノが小さくなることはない。

「くすっ……智ちゃんのアソコは、まだお勉強したいって言ってるわよ」

珠実がそれを見逃すわけがなかった。

挑発的に股を開いたまま、誘うように優しい瞳を向けてくる。

「今度は道具なんか使わないで、智ちゃん自身のオチンチンで、母さんのお尻を気持ち良くしてみて……アソコじゃなくてお尻だったら、赤ちゃんができるなんて心配もしなくていいから、大丈夫よ」

「でも……何度も言うけど、僕には綾奈さんが……」

「それだったら何度も言ってるでしょ。綾ちゃんは気持ちいいことが大好きな女の子だから、智ちゃんが上手になっていくことを、きっと喜んでくれるはずよ。それに、ほかの子が相手だったら、浮気だって言って怒るかもしれないけど……母さんと綾ちゃんは仲良しだから、何も心配することはないわ。何だったら、いまから母さんが、綾ちゃんをここに呼んであげましょうか？」

「い、いやッ……それはちょっと、さすがに……」

母親とエッチをしているというだけでも問題なのに、お尻の穴にアナルバイブを突っ込んでイカせたなんて、言えるわけがない。

「だったら安心して……女性を気持ち良くするためのお勉強を続けましょうね。それに智ちゃんのアソコは……もう我慢できないって言って、泣いてるみたいだから」

あくまでも推測として、珠実はそう言ったのだろう。だが事実、智己のペニスは、涙のような我慢汁によってねっとりと濡れていた。

「母さんの身体を使ったエッチなお勉強……もっと続けましょうね。智ちゃん」

喉の渇きを覚え、生唾を飲み込む。

かろうじて冷静さを取り戻した智己だったが、母親の甘い誘いと成熟した肉体の魔力に負け、再度、異様な興奮状態へと突入していくのだった。

「そのままだと苦しいでしょうから、早く下を脱いじゃいなさい。バイブでほぐれたお尻の穴で、智ちゃんのオチンチンを癒してあげるわ。うふふっ……」

言われたとおり入院服を脱ぎ捨てると、智己は愛情と快楽を求め、静々《しずしず》と母親の肉体へと飛び込んでいくのだった。

そんなふうに智己は毎日のように、甘々でエロエロな入院生活を送っていた。

普通の男性であれば、自分だけのハーレムを手に入れたと喜ぶのかもしれないが、根が真面目な智己は、日々、快楽と罪悪感の狭間で悩み苦しんでいた。

（うぅ……クラスのみんなが文化祭に向けて、真面目に頑張ってるっていうのに……僕だけこんな思いをしてて、本当にいいのかなぁ）

怪我をすることによって手に入れたハーレム。

ハーレムを手に入れたことで感じるようになった、クラスのみんなへの罪悪感。

（一日も早く怪我を治して、文化祭の準備に戻らないと。入院中だっていうのに、こんな生活をしてるなんて……申し訳なくて、みんなに合わせる顔がないよぉ）

正義感が強くて良い子な智己は、良い子だからこその苦悩を抱えながら、甘エロな入院生活を送っていくのであった。

エピローグ

一日も早く怪我を治して、文化祭の準備に戻りたい。

強く願い続けたことで、智己の身体がその願いに応えてくれた。

「若いからだろうね。こちらの想定以上に、怪我の治りがいいみたいだ。さすがに完治とまではいかないけど、これなら、予定よりも早く退院できそうだよ」

定期検査の際、担当の医師から言われた言葉。

聞いた瞬間、智己は暗闇のなかに光を見たような気分になった。

時間的に最低限のことしかできないだろうが、文化祭の準備に参加することができる。

クラスのみんなと一緒に、文化祭の思い出をつくることができる。

当初の願いが叶うことを、智己は本気で喜んだ。

もちろんそれは、智己のことを全力でサポートし続けてくれたふたりにとっても同じことで――綾奈と珠実、恋人兼担当ナースと母親も、智己の回復を心の底から祝福してくれたのであった。

ただその、祝福の仕方というのが、世間一般のやり方とは大きく異なっていて――。

良くいえば愛情いっぱい。

悪くいえば愛欲まみれ。

そんな、綾奈と珠実らしい、祝福の仕方であった。

◇◇◇

「ハァ、ハァ、ハァ……良かったね、智己くん。予定よりも早く……あッ……退院、できそうで。ウチとしては、気軽に会えなくなるから残念なんだけど……やっぱりナースとしては、元気で健康なのが……んんッ、あッ……一番、だから……」

「そうよ……やっぱり、元気なのが一番だから……あはぁッ……予定よりも早く怪我が治って……母さんも……んふぅッ、んぁッ……嬉しいわ」

「そうですよね。それに怪我が治ったほうが……こうやって、色んなことに挑戦できるから……あぁッ、あッ、あはぁッ……んんッ……ウチたちとしても、いいですよねぇ」

「そんなこと言って……あんッ……智ちゃんに、無理させたら駄目よ。治ったとはいえ、智ちゃんはまだ怪我人なんだから……ちゃんとそのへんは、自重しないと……ねっ」

「そんなぁ……ウチの身体をそうしたのは、お姉サマじゃないですかぁ」

「ふふっ。そういえばそうだった……んッ……わね」

そう言って、綾奈と珠実が微笑み合う。

仲がいいからこそそのふたりのやり取り。

日常の場面であれば、微笑ましく見ることができたのだろうが——。

「ふたりとも……そんな、強く押しつけないで……んんんんんッ」

ふたつのヴァギナが、左右から智己のペニスを挟み込んでいる。

着ている服をズラし、大体に露出したふたりの双乳。何も穿いていない下半身。

大きく股を開いた綾奈と珠実が、グショグショに濡れた股間を押しつけ合い、その真ん中で智己のペニスが雄々しく隆起している。

男性のペニスを間に挟みながらの、美女ふたりのレズセックス。

ベッドの上で智己が見ていたのは、そんなとんでもない光景だった。

「あら？　智ちゃんったら、オチンチンをこんなに膨らませて……母さんたちからのお祝い。そんなに嬉しかったの？」

「う、嬉しいのは嬉しいけど……三人でこれは、ちょっと……」

ひとつでも魅力的な裸体がふたつ。

どちらも完全に発情しており、智己の五感を強烈に惑わしてくる。

「んあぁぁぁ……す、凄い……智己くんのチンポ、凄く熱い……」

綾奈がはしたない声を上げる。

我慢したくてもできない。自分の意志に反して卑猥な声が出てしまった。声を上げた綾奈は、そんな顔をしていた。

「ふふっ……母さんたちのオマンコを一度に味わって、興奮しちゃってるのね。どう？　綾ちゃん……この格好、昔を思い出さない？」

「それは、その……と、智己くんの前では言わないでくださいッ」

「え？　綾奈さん。それってどういう……」

「うぐッ……だ、だから聞かないでってばッ」

照れ隠しなのだろう。綾奈が大きく腰を振り、淫靡《いんび》な割れ目で智

己の肉棒を扱《しご》いてくる。

愛液で濡れた綾奈の割れ目は、たまらなく気持ちいいものだった。

「駄目よ綾ちゃん。今日の主役は智ちゃんなんだから……変な意地悪はしないで、ちゃんと気持ち良くしてあげないと」

「は、はい……そうでしたね。反省します……それじゃあ智己くん。気を取り直して、ウチとお姉サマからのお祝い……たっぷりと、味わってね」

気持ちと体勢を整え、綾奈がペニスに向かって股間を押しつけてくる。

通常であれば反対側に力が抜け快感が分散するのだが、反対側で

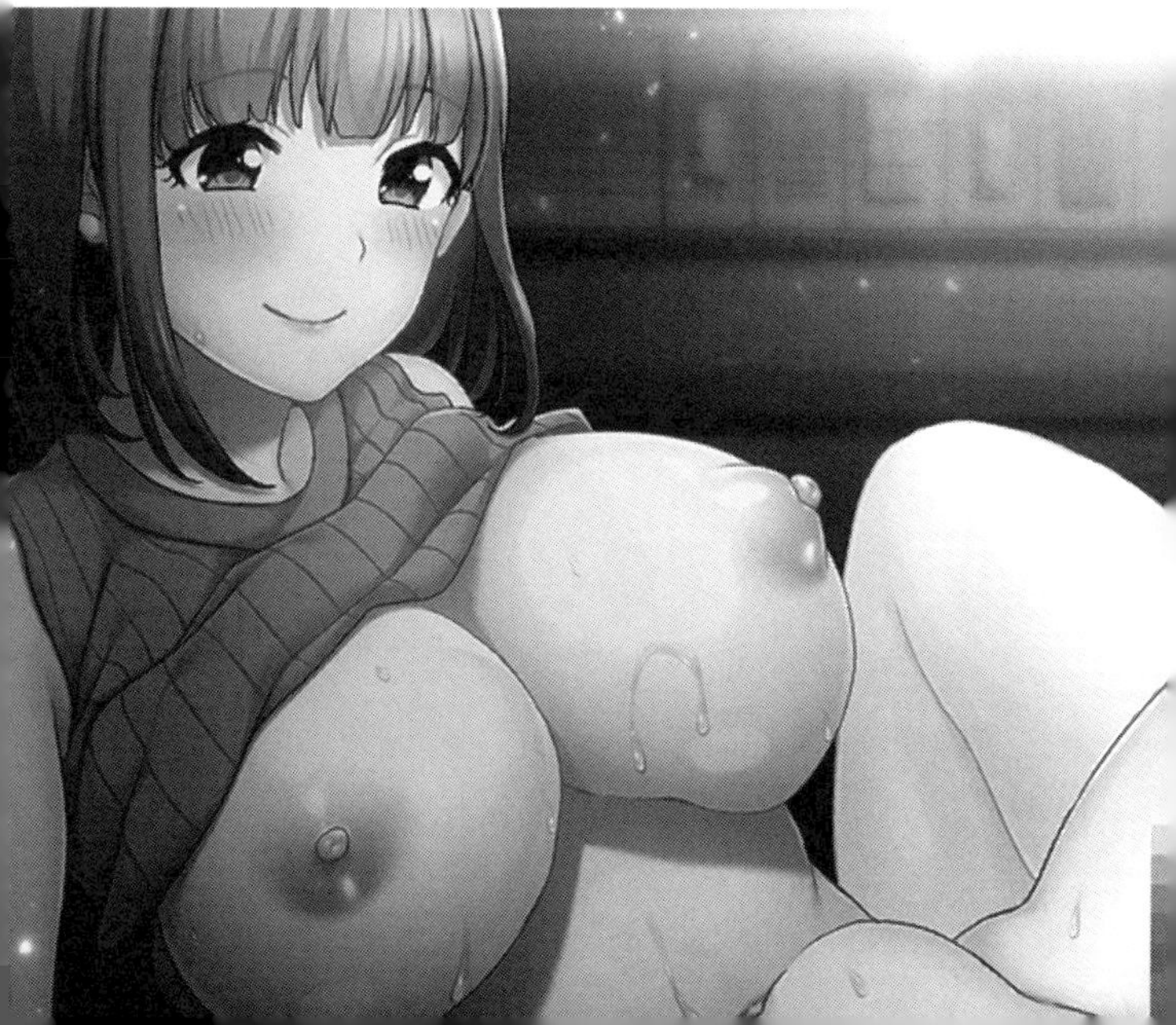

待っている珠実の割れ目がそれを許さない。

すべての力をガッチリと受け止め、快感を数倍にして押し返してくる。

「ハァ、ハァ……智己くんのチンポ、本当に凄い。こんなに熱くて、硬くて……んふぅ、ふぅうッ……か、可愛い顔して、すっごい絶倫」

「ふふふっ、これだけで驚かれたら困るわ、綾ちゃん……ふぅ……智ちゃんってば、このオチンチンで、私のお尻をヒイヒイいわせたことがあるんだから」

「ええッ？　ほ、本当ですかッ？」

「ちょっ、母さん……」

顔色ひとつ変えず、珠実が強烈な暴露をする。

ショックを受けた様子の綾奈だったが、どうにも智己の予想とは、違うタイプのショックだったようだ。

「信じられない。あ、あのお姉サマをヒイヒイいわせるなんて……本気になった智己くんって、そんなに凄いの……ゴクッ」

侮蔑や嫌悪ではなく、尊敬や畏怖といった感じの眼差《まなざ》しを向けられる。しかしそれでも、最低限の嫉妬はあったようだ。

子供のように拗《す》ねた顔で、誰にでもなく綾奈が呟く。

「で、でも、いくらお姉サマが相手だとはいえ……ウチ以外の女の子と、そんなことするなんて……ウチのこと好きだって言ったくせに……うぅ、ひどい……」

慌ててフォローしようとする智己よりも早く、珠実が優しく声をかける。

「智ちゃんを怒らないで、綾ちゃん。先に誘惑したのは私なのよ。綾ちゃんと仲良くしてもらうためには、智ちゃんに自信をつけてもらわないといけなかったから……ねっ」

「それについては確かに……ウチばっかりが、愉しむようなエッチをしてて……智己くんの気持ちとか、あんまり考えてなかったっていうか……」

「そうよ。綾ちゃんがもっと真剣に智ちゃんの気持ちを考えていれば、こんなことにはならなかったのよ」

「んく……ご、ごめんなさい」

「ふふっ、わかってくれればいいの。きちんとお詫びが言えて偉いわねぇ、綾ちゃんは」

きっと綾奈は、骨の髄まで珠実に調教されているのだろう。

よく聞くと無茶苦茶に思えるような珠実の理論を、素直に受け止める綾奈であった。

「それじゃあ綾ちゃん。反省はそれくらいにして……智ちゃんへのご奉仕、頑張るわよ」

「はいっ。お姉サマッ」

魅力のひとつである前向きな明るさを全開にして、綾奈が再び腰を振り始める。

呼応する珠実の腰遣いも、巧みとしかいいようがない。

違う肉感、違う圧力、違う腰遣い。

適度な違和感が絶妙なスパイスとなり、ふたりの女性と同時にセックスをしているという事実を強烈に意識してしまう。

「うぅぅぅぅ……あはッ、あんッ……やだ、何これ？　さっきよりもおっきい……ウチが腰を押しつけてるはずなのに……やんッ……智己くんのチンポが、押し返してくる」

綾奈の腰遣いが、探るような慎重さを見せ始める。

それはもっと強い快感を得たいという、綾奈の本音が聞こえてきそうな動きだった。

「あッ……すごッ……凄い……で、出っ張ってるところが、ウチのビラビラと擦れ合って、マジでエロい……ひぃッ、ひやぁんッ……エロ過ぎて、ゾクゾクするぅぅ」

「もう、綾ちゃんったら夢中になっちゃって……最初の目的を忘れてるんじゃないの？」

「へっ？　あッ……あぅぅッ、そ、そうだった……ねぇ、どうなの？　智己くん。ウチとお姉サマのダブルオマンコ……気持ち、いい？」

綾奈の表情が、夢中になって快楽を貪るメス顔から、智己が何度も見てきた小悪魔チックなものへと変わる。

気持ちが変わったことで動きも変わる。

急速に遅くなった腰遣いには、智己を焦らそうという綾奈の意思があった。

「ねえ、どっちッ？　ハァ、ハァ……ウチとお姉サマのオマンコ……ちゃんと智己くんを気持ち良くしてる？　ねえどうなの？　答えて智己くんッ」

「あぅぅッ、あッ……き、気持ちいいですッ。綾奈さんと母さんのアソコが、僕のモノを左右から挟み込んできて……凄く、気持ちいいですッ」

この状況で、気持ち良くないと答える男などこの世にはいない。

そんなことを思いながら、弱々しく言葉を返す。

「じゃあ……今度はもっと意地悪な質問してあげる。ウチとお姉サマのオマンコ……どっちのほうが気持ちいい？　智己くんは……んふぅッ……どっちのほうが好きなの？」

「そ、そんなこと……どっちも気持ち良くて……んんッ……決められません」

明確に答えてしまったら、選ばなかったほうを傷つけてしまうことになる。

甲乙つけがたいというのは事実だが、誰も傷つけたくないという想いから、智己はその答えを選んだのだった。

「むむっ……そういうの、女が一番嫌な答え方なんだからねッ。お姉サマとウチ、どっちにもいい顔してぇ……許さないッ」

綾奈としても、本気で怒っているわけではない。あくまでもプレイの一環として、お仕置きのような責めをしているだけだ。

智己としてもそれはわかっているのだが、どうしてもうしろめたい気持ちを抱いてしまう。そしてそういった気持ちが、背徳的な快感を増大させるための媚薬となる。

「うあぁぁぁッ……綾奈さんッ。それ……」

「どう？　智己くん……うりうりッ。ウチのお仕置き……気持ちいい？」

ペニスの上から下、溢れ出た愛液を擦りつけるように、綾奈が腰を上下させる。

「あぁッ……駄目、です……綾奈さん……」

上下に腰が往復するたびに、電撃のような快感が下半身を貫いていった。

声が出るほどに気持ちいい。だが、挿入しているわけではないので、中途半端なところで快感が分散してしまう。

だらしなく口が開き、開いた口からよだれが垂れ落ちていく。

心情的には、世界で一番気持ちいい拷問を受けているかのようだった。

「ふふっ。さすがは綾ちゃんね。智ちゃんの扱い方を、よく知ってるっていう感じだわ。だったら母さんも……負けてられないわ。智ちゃんのことを世界で一番よく知ってるのは、私なんだから……んんッ………んしょッ」

可愛らしい掛け声を発し、今度は珠実が腰を押しつけてくる。

ふたつの女性器に包まれた肉棒が、悦びと快感によって大きく膨らむ。

智己自身、こんなにも大きくなった肉棒は見たことがない。このまま針で突き刺したら、風船みたいに破裂するんじゃないだろうか。

そんな心配をしてしまうほど、智己の肉棒はギンギンに勃起していた。

「ふふふっ……そんな顔して。智ちゃんってば、よっぽど気持ちいいみたいね。それじゃあ、母さんからも智ちゃんに質問？　綾ちゃんのオマンコは……どんな感じなの？」

「え、えっと……あ、綾奈さんのオマンコッ……僕のに、凄く吸いついてきて……うぐッ。吸いついたまま、メチャクチャに扱いてきて……ぐぅッ……し、搾り取られるッ」

「ふふっ。ですって、綾ちゃん。良かったわね。少なくとも智ちゃんのオチンチンは、綾ちゃんのオマンコが大好きみたいよ」

「そうみたいですね。だったらウチも意地は張らず、そういうことで納得します。というわけなので、お姉サマ――」

「そうね。夜はまだ長くて、智ちゃんは若くて回復が早いみたいだから――」

嫌な予感が頭を過ぎり、反射的に生唾を飲み込んでしまう。

「あッ、ちょっと待ってふたりとも……あんまり無理すると、治りかけた怪我が……」

「大丈夫だって。ウチはナースだから……何かあってもすぐに看護してあげる」

「そうよ智ちゃん。男の子なんだから、ちゃんと覚悟を決めないと……ねっ」

綾奈と珠実が視線を合わせ、軽く合図を送り合う。

それをきっかけにふたつの女性器が躍動する。ギンギンに膨らんだ智己の肉棒が、その衝撃に屈しないわけがなかった。

「あぁぁッ……駄目ッ。駄目だよふたりともッ……そんなふうに動かれたら……あッ、あぁぁぁッ……んッ……んくぅぅぅぅぅぅぅぅッ」

身体のなかで何かが爆発し、飛び出した精液がふたつの裸体を妖しく汚す。

放心状態でドクドクと精子を吐き出す智己の姿を、綾奈と珠実は微笑みを浮かべながら見守っていた。

「うわぁ……さすがは智己くん。凄い量と匂い……こんなの、エッチ過ぎだよぉ」

「呆けてる暇はないわよ、智ちゃん。エッチのときは自分だけじゃなくて、相手も満足させないと駄目だって、母さん、教えてあげたでしょ。だから今度は母さんたちを……」

絶頂の余韻に浸りながら、智己は思っていた。

(クラスのみんな……ごめん。無事に退院したら、みんなに迷惑かけたぶん、一生懸命頑張るから……だからいまは、いまだけは……大切な人を、優先させて)

真面目な智己だからこそ、このままではいけないと自覚していた。だがもはや、このふたりを欠いた人生など想像することはできない。

大好きな女性を悦ばせる。

それも、男がしなくてはいけない大切な仕事だと信じて——。

「夜はまだ始まったばかりだよ……智己くんっ」

「母さんとのお勉強を実践するときがきたわね……智ちゃんっ」

夜の病室で。

智己は大切なふたりを、徹底的に愛しまくるのであった。

あとがき　ヤスダナコ

こんにちは、ヤスダナコです。

本作をここまで読んでくださり、誠にありがとうございます。

ナースさんを中心としたラブラブでエッチな物語。楽しんでいただけたら、幸いでございます。

ヒロインは姉御肌でナースのお姉さんと、母性の塊のようなお母さんとなっておりますが、こんなふうに優しくてエッチな年上美女に看護してもらったら、どんな怪我や病気もすぐに治っちゃいますよね。

特にお母さんのほうは、原作ゲームではさらに甘々でエロエロなので、まだ未プレイで興味がある方は、そちらもよろしくお願いいたします。

年上美女の愛情に飢えている方には、ぴったりのゲームになっていると思います。

最後に、今作も何とか無事にここまでたどり着くことができました。

リアルの世界では色々と大変なことが起こり、読者の皆様も大変な毎日を送っていると思いますが、本作が少しでも皆様の癒しになれば、作者として嬉しい限りでございます。

ここまでお付き合いしていただき、本当にありがとうございました。

ヤスダナコ

ぷちぱら文庫

元《もと》ヤン巨乳《きょにゅう》ナースの甘《あま》エロ看護《かんご》

2021年 3月 12日　初版第 1 刷 発行

■著　　者　ヤスダナコ
■イラスト　ハム
■原　　作　Waffle

発行人：久保田裕
発行元：株式会社パラダイム
〒166-0004
東京都杉並区阿佐谷南1-36-4
三幸ビル4A
TEL 03-5306-6921
印刷所：中央精版印刷株式会社

PP0387

既刊案内
好評発売中！
私達を襲ってください♥
ぷちぱら文庫 334
著　すまっしゅぱんだ
画　友吉
原作　Waffle
定価 780円+税
変態エルフ姉妹と生真面目オーク